Knaur

Über die Autoren:

H.B. Gilmour hat bereits mehr als 25 Filmromane geschrieben und sich auch als Autorin von Sachbüchern und Kinderbüchern einen Namen gemacht. Sie lebt in New York.

Nicholas Kazan ist ein erfolgreicher Drehbuchautor. Er lebt auf einer Insel vor der Küste des Bundesstaates Washington.

GENUG
ENOUGH

Der Roman zum Film von H.B. Gilmour
nach dem Drehbuch von
Nicholas Kazan

Aus dem Amerikanischen von
Regina Winter

Knaur

Die amerikanische Originalausgabe erschien 2002 unter dem Titel *Enough* bei Newmarket Press, New York.

Besuchen Sie uns im Internet:
www.knaur.de
www.genug-der-film.de

Deutsche Erstausgabe 2002

Redaktion: Ralf Reiter
Umschlaggestaltung: ZERO Werbeagentur, München, unter Verwendung des Motion Picture Artwork

Innenillustrationen: Van Redin © 2002 Columbia Pictures
Satz: Ventura Publisher im Verlag
Druck und Bindung: Nørhaven Paperback A/S
Printed in Denmark
ISBN 3-426-62315-3

5 4 3 2 1

TEIL EINS
GLÜCK

»Heh!«

An dem Tag, an dem alles anfing, waren das einzig Brutale das Brennen der kalifornischen Sonne durch die Fenster des Diners und der mittägliche Betrieb im Red Car.

Auf den Thekenhockern und in den Nischen mit den gepolsterten Sitzbänken wimmelte es nur so von Kunden. Die Musik aus den Lautsprechern konnte sich kaum gegen all das Lachen, die hungrigen, ungeduldigen Rufe und den Latino-Rap aus Teddys Blaster in der Küche durchsetzen. Ganz vorn in der Schlange nahe der Tür rief ein Trucker seine Frau über Handy an, und drei Angestellte in Anzug und Kostüm erzählten sich Anwaltswitze, während sie darauf warteten, einen Platz zu bekommen.

Slim tanzte ihr manisches Kellnerinnen-Ballett. Die Kaffeekanne in der Hand beugte sie sich vor, um nachzugießen, und suchte gleichzeitig in ihrer Schürzentasche nach Süßstofftütchen, dann wirbelte sie herum, um eine Bestellung auf die Theke zu knallen und die Tomatenscheiben mitzunehmen, die ein Gast statt des Krautsalats bestellt hatte. Sie drehte sich, wich aus, drängte sich an jemandem vorbei, legte Rechnungen auf Tische und trat Stühle aus dem Weg, und dabei redete sie auch noch ununterbrochen: »Was kann ich für Sie tun?« »Was möchten Sie bestellen?« »Heh, Billy.« »Bis bald, Tom.« »Möchten Sie die Karte sehen?« »Netter Versuch, Kumpel, aber funktioniert das eigentlich jemals?« »Was darf ich bringen?« Heh, Rosie!« »Bin schon auf dem Weg.«

Slim war dreiundzwanzig Jahre alt, schwungvoll und lebhaft, mit guter Figur und einem wippenden honigbraunen Pferdeschwanz, der beinahe so intensiv glänzte wie ihre großen braunen Augen. Sie war stolz, sich durchschlagen zu können, ganz gleich, wie erbärmlich die Trinkgelder waren. In ihrer Freizeit hockte sie über Soziologie- und Psychologie-Büchern, weil sie hoffte, dass sie das irgendwann weiterbringen würde. Sie lächelte, wischte Tische ab, drängte sich zwischen Leuten durch, steckte Trinkgeld ein und witzelte mit ihrer besten Freundin Ginny herum, einer allein erziehenden Frau mit zwei Kindern, die gerade erklärt hatte, sie dächte daran, in ihrer »Freizeit« Jura zu studieren.

»Warum nicht?«, fragte Ginny und hob einen Teller hoch, um dem kahlen Kopf eines Maklers auszuweichen, der allein in einer Nische für vier saß. »Mein Großvater war Anwalt. Und ich kann logisch denken.«

Slim brachte einem Gast eine große Cola mit Zitrone, und als sie auf dem Rückweg zur Theke wieder an Ginny vorbeikam, führte sie das Gespräch weiter: »Und außerdem fehlen dir nur noch zweihundertneunundneunzigtausend Dollar für die Uni.«

»Kleinigkeit.« Ginny folgte Slim zur Theke.

»Vorspeise«, korrigierte Slim und griff nach einer Tasse Suppe für einen ihrer Lieblingsrentner.

»Was würdest du also empfehlen?«, wollte Ginny wissen.

»Ich weiß nicht«, versuchte Slim auszuweichen.

»Lügnerin.« Ginny rief Phil, dem Besitzer des Diners, der dem überforderten Thekenmann aushalf, zu, dass keine Nüsse auf diesen Eisbecher sollten.

Slim verdrehte die Augen. »Na gut. Ich dachte ... na ja, vielleicht könnte ich ja wieder ganztags zur Schule gehen.«

»Und hier kündigen? Kommt nicht in Frage.« Ginny trommelte mit den Fingern auf die Theke. »Phil, hast du mich gehört? Der Mann hat eine Allergie. Keine Nüsse.« Sie wandte sich wieder Slim zu und lächelte. »Und woher willst du das Geld nehmen?«

Slim lachte und zuckte mit den Schultern. »Ich könnte meinen Vater erpressen. Keine Ahnung. Ein Kredit vielleicht. Und wenn ich Psychologie studiere ...« Sie wandte sich ab und senkte die Stimme. »Ich weiß, es ist uncool, so was zu sagen, aber ich möchte wirklich etwas für Andere tun, selbst wenn –«

»Wir leisten unseren Beitrag«, schnitt ihr Ginny das Wort ab und nahm von Phil den Eisbecher entgegen. »Wir geben den Leuten Essen und Energie, damit sie rausgehen und die westliche Zivilisation retten können.«

Die Klingel über der Tür schlug an. Drei weitere Kunden kamen herein. Phil streckte den Kopf zwischen Ginny und Slim durch. Sein Gesicht war dunkel, die Stoppeln seines rasierten Barts weiß. »Bitte, meine Damen!«, sagte er mit seinem syrischen Akzent. »Ich zahle euch nicht fürs Schwätzen.«

»Das ist mir neu«, antwortete Ginny. Sie warf einen Blick auf die uralte Coca-Cola-Uhr über der Theke und stöhnte. »O Gott, es dauert noch mindestens eine Stunde, bis das Mittagsgeschäft vorbei ist!«

Slim machte sich mit der Suppe in einer Hand, zwei

Gläsern – einem Vanilleshake und einem Wasser mit Zitrone – in der anderen und drei Speisekarten unter dem Arm auf den Weg.

Gegen halb drei wurde es ruhiger. Sie räumten mehr Teller ab, als sie an die Tische brachten. Slim stapelte einen Turm von Tellern für Teddy auf, holte dann tief Luft und marschierte entschlossen auf einen Nischentisch zu, der aussah, als hätte dort eine Essensschlacht stattgefunden.

Als Ginny eine Strähne ihres rötlich blonden Haars mit dem Handrücken zurückstrich, bemerkte Slim den nassen Fleck unter ihrem Arm. »Hast du je dieses Zeug probiert, das aussieht wie ein Kristall?«

Ginny war gerade damit beschäftigt, einen beeindruckenden Tellerstapel zu balancieren, und warf ihr nur einen »Wie bitte?«-Blick zu.

»Das Deo«, erklärte Slim. »Es sind Salze drin oder so. Es sieht aus wie so ein Hippie-Kristall.«

»Du willst also andeuten, dass ich schwitze.« Ginny schob Teddy die Teller zu.

Slim lachte. »Nein, Ginny, davon kann keine Rede sein. Ich spreche höchstens davon, dass du transpirierst », korrigierte sie. »Und nur ganz wenig.«

»Das werde ich mir merken«, drohte Ginny, als ein neuer Kunde hereinkam. »Du bist dran, Slim«, sagte sie, ohne dem Neuen auch nur einen Blick zu gönnen. »Ich bin zu verschwitzt.«

Wie alles anfing

Slim verdrehte die Augen, griff nach einer Speisekarte und ging zu der Nische, wo sich der neue Gast gerade niederließ. Als Erstes fiel ihr auf, dass er eine langstielige Rose und ein Buch dabei hatte. Das Zweite bemerkte sie, als sie ihm die Karte reichte: Er sah sehr gut aus.

»Warten Sie auf jemanden?«, fragte sie. Als er den Kopf schüttelte, sagte sie: »Etwas zu trinken?«, und versuchte, einen Blick auf den Buchtitel zu erhaschen.

»Nur Wasser, danke.« Der Mann hatte strahlend weiße, gut gepflegte Zähne und blaue Augen, so glitzernd und kalt wie ein Bergbach.

Er bemerkte, dass sie ihn ansah. Sie räusperte sich und sagte: »Ich lasse Ihnen einen Augenblick Zeit«, und wollte sich umdrehen.

»Schon gut«, meinte er träge. »Ich war gestern schon hier …« Er beugte sich vor, um ihr Namensschild zu lesen. »Slim.«

Sie nickte. Sie fühlte sich ein wenig unbehaglich. Als er die Karte zurückgab, hielt er sie ein winziges bisschen zu lange fest und fragte: »Wie ist Ihr wirklicher Name?«

»Nein«, sagte Slim.

Wieder dieses strahlende Lächeln, wie aus der Zahnpastawerbung. »Gefällt mir, aber glauben Sie nicht, er wirkt ein bisschen zu negativ?«

»Nein«, sagte sie. »Ich verrate meinen Namen nicht.«

Er zuckte die Achseln. Gute Surferschultern. »Na

gut. Eine Cola und einen Putenburger, Krautsalat, keine Fritten, dafür ein paar Tomatenscheiben. Ich schreibe Bücher.« Er hielt inne, als wartete er darauf, dass sie in Applaus ausbrach. Als sie stattdessen nur »Oh« sagte, fügte er hinzu: »Lesen Sie?«

Slim nickte halb, halb zuckte sie die Achseln.

»Was lesen Sie denn gerade?«

Sie starrte ihn an und fragte sich, was das sollte. Und nur, um dieses strahlende Lächeln verschwinden zu sehen, antwortete sie: »Finnegan's Wake von James Joyce. Ein Freund hat mir gesagt, es sei das schwierigste Buch, das je auf Englisch geschrieben wurde. Ich denke, wenn ich damit zurechtkomme, schaffe ich die anderen auch.«

Das hatte genügt. Das Lächeln wurde merklich dünner. »Wie lange lesen Sie es schon?«

»Sechs Jahre«, fauchte Slim. »Ich bringe Ihnen gleich Ihren Burger.« Dann drehte sie sich abrupt um und ließ ihn ihren Rücken anstarren.

Ginny hechelte schon vor Neugier. *Und?*, fragte sie wortlos.

»Arschloch«, murmelte Slim.

»Warum? Was hat er gesagt?«

Slim riss die Bestellung ab und schob sie über die Theke. »Er wollte rausfinden, wie gebildet ich bin, also habe ich ihm gesagt, dass ich das schwierigste Buch lese, das je auf Englisch geschrieben wurde.«

Ginny schüttelte ungläubig den Kopf. »Hallo? Slim! Du gefällst ihm offenbar.«

»Er ist bloß ein Arsch.«

»Slim«, zischte Ginny. »Er war gestern auch schon hier.«

»Ich weiß –«

»Und heute kommt er mit einer Rose herein«, schnitt Ginny ihr das Wort ab. »Er versucht, dich in ein Gespräch zu verwickeln. Schatz, wenn dir das nicht sagt, dass er dich mag, dann musst du wirklich erst Psychologie studieren.«

»Na gut, dann gefalle ich ihm eben«, sagte Slim. Trotzdem, an dem Kerl war etwas Seltsames.

»Gefällt er dir?«, drängte Ginny.

»Ich kenne ihn doch überhaupt nicht.«

»Was hat das denn damit zu tun?«, fragte Ginny frustriert. »Slim! Er sieht wirklich gut aus.«

Slim verkniff sich ein Grinsen. »Ist mir nicht aufgefallen«, verkündete sie.

»Du kannst mir glauben, wenn so einer – einer, der besser aussieht als du selbst – tatsächlich auf dich abfährt –«

»Er sieht besser aus als ich?«, stürzte sich Slim vergnügt auf diese vertraute Provokation.

Ginny gönnte ihr einen Blick, der bedeutete: *Sag bloß, das ist dir auch entgangen?* »Heh. Begreif endlich, dass dich nie einer wegen deines Aussehens nehmen wird«, verkündete sie nun.

Slim biss sich auf die Lippe und schaute übertrieben betrübt drein. »Das ist schlimm«, erklärte sie trocken, »denn mit meiner Persönlichkeit ist noch weniger los.«

»Wem sagst du das!«, stimmte Ginny ihr zu und eilte mit einem überbackenen Thunfischsandwich und Schinkenspeck auf Zwölfkorntoast davon.

Slim schrieb eine Rechnung für einen Kunden an der Theke. Als sie fertig war, stand schon der Putenburger des Rosenmanns bereit. Sie brachte ihn an seinen

Tisch. »Putenburger, Krautsalat und so weiter«, zählte sie auf und schob ihm den Teller zu. »Sie schreiben doch nicht wirklich, oder?«

»Nein«, sagte er. Das Essen beachtete er überhaupt nicht.

»Na gut«, gab sie zu. »Ich lese auch nicht Finnegan's Wake.«

»Ich habe vor, Polizist zu werden«, erwiderte er mit einem beinahe schüchternen Grinsen.

Das passte schon besser, dachte Slim. Sie nickte. »Für wen ist denn die Rose?«

Der Mann zuckte die Achseln. Über das Klirren von Tellern und die Gespräche hinweg war die Küchenglocke zu hören. Eine von Slims Bestellungen war fertig. Sie wünschte ihm »guten Hunger«, drehte sich um und ging.

Sie war schon ein paar Schritte weiter und dachte gerade: *Guten Hunger? Das war echt genial*, als er »Heh« rief. Sie sah ihn über die Schulter hinweg an.

»Für Sie«, sagte er.

Sie brauchte eine Sekunde. Er hatte von der Rose gesprochen.

Nett, dachte Slim und erwiderte sein Lächeln.

Die Augen, die sie für kalt gehalten hatte, hatten nun das Blau einer warmen Lagune. Sie begegnete seinem Blick und spürte, wie ihre Wangen zu glühen begannen.

Sie bemerkte kaum, dass der Mann in der Nische hinter dem Rosenmann sie anstarrte. Erst als der Fremde aufstand, konnte sie den Kontakt zu diesen hinreißenden blauen Augen abbrechen.

Der dunkelhaarige Eindringling war hoch gewachsen und schlank. Er trug eine Baseballmütze und hatte sein ansonsten attraktives Gesicht zu einem seltsam höhnischen Ausdruck verzogen. Er spähte auf den Rosenmann hinab. »Um wie viel geht es denn nun?«, fragte er ihn.

»Wie bitte?« Slims Bewunderer war verwirrt und nervös.

»Die Wette«, drängte der Mann. »Um wie viel geht es?«

Verdutzt ging Slim wieder ein paar Schritte näher und versuchte zu begreifen, was hier los war.

Der romantische Möchtegern-Polizist starrte den Mann in der nächsten Nische immer noch verdutzt an. Der seinerseits seufzte gereizt und sagte. »Sie und Ihr Freund gestern – waren es zweihundert oder fünfhundert?«

»Was reden Sie da?«, fragte Slim. »Um was geht es –«

Der Mann mit der Mütze wandte sich ihr zu. Seine Miene wurde ein wenig freundlicher – war das Mitgefühl? Mitleid? »Er hat mit seinem Freund gewettet, dass er Sie innerhalb von zwölf Stunden, beginnend heute Mittag, ins Bett kriegen kann.«

Der Rosenmann schob seinen Putenburger zurück, und dabei fielen das Buch und die Rose vom Tisch. Er versetzte seinem Ankläger einen zornigen Schubs. Das war entweder sehr mutig oder sehr dumm von ihm, denn der andere war erheblich größer.

»Geht Sie das was an?«, fragte er. »Wer sind Sie denn, die Moralpolizei?« Wieder schubste er den hoch gewachsenen Mann.

Ganz plötzlich schoss dessen Hand vor, wie eine Schlange zuschlägt. Er packte den Kerl mit den schönen Zähnen am Kragen und hob ihn hoch. Dann zog er ihn so nahe zu sich, dass der Rand seiner Baseballmütze gegen die Stirn seines Gegenübers stieß. Er hielt ihn einfach fest und starrte ihn herausfordernd an, einen Hauch davon entfernt, die Beherrschung zu verlieren.

Schließlich gelang es dem erschrockenen Mann in seinem Griff zu stottern: »Immer mit der Ruhe, M–Mann. Sie und ich … Wir hatten einfach bloß Spaß –«

»Waren es zweihundert oder fünfhundert?«, fragte Slim ihren angeblichen Bewunderer sehr ruhig. »Ich würde gerne wissen, was ich wert bin.«

Die Frage schien ihren Verteidiger wieder zu Verstand zu bringen. Widerstrebend ließ er den anderen fallen.

Der Romeo, der behauptet hatte, ein zukünftiger Polizist zu sein, zupfte sein Hemd zurecht und tat sein Bestes, seine Würde wiederzufinden. Er warf einen Zehner auf den Tisch und sah Slim an. »Es ging um zweihundert«, sagte er und machte sich auf den Weg zur Tür. »Aber da ich dich jetzt kenne, würde ich sagen, das war noch zu viel.«

Sofort trat ihm der größere Mann in den Weg. Er sprach leise, aber in seinen Worten lag die gleiche Drohung wie zuvor in seinen Gesten. »Kommen Sie nicht wieder her«, sagte er. »Niemals.« Er trat gerade weit genug beiseite, damit der nervös nickende Rosenmann sichtlich erleichtert fliehen konnte.

Slim lehnte sich an die Theke, erschüttert und mit Tränen in den Augen. Der hoch gewachsene Mann zupfte an seiner Baseballmütze und murmelte auf dem

Weg zur Tür: »Tut mir Leid, dass ich mich eingemischt habe.«

»Nein«, sagte Slim und versuchte zu lächeln. »Vielen Dank.«

Er nickte und wollte gehen. Ginny starrte sie von der anderen Seite des Raums mit weit offenem Mund an und brachte zur Abwechslung mal kein Wort heraus.

Slim plapperte aufgeregt und dankbar weiter: »Ich kann es kaum glauben, was Sie da gesagt haben … äh?« Sie kannte seinen Namen nicht.

»Mitch«, sagte er. Er zuckte die Achseln. »Wenn ich den Mund gehalten hätte, hätte ich mir später nur Vorwürfe gemacht. Viel Glück.«

Slim nickte. Er ging nach draußen, und sein Gang erinnerte ein wenig an einen Cowboy. Ginny begann, hektisch mit den Brauen zu zucken und zu ihm hinzunicken, als wollte sie sagen: *Und, war das alles?*

Slim begriff es erst nicht. Dann wurden Ginnys Gesten drängender: *Mach schon. Worauf wartest du eigentlich?* Sie schaute wieder zur Tür. Endlich folgte Slim ihrem Blick.

Mitch stand immer noch draußen und schien sich zu fragen, wohin er nun gehen sollte. Er nahm die Mütze ab und fuhr mit der Hand durch sein dichtes, dunkles Haar. Seine Schultern waren breit; seine Jacke – eine alte braune Lederjacke – sah bequem aus. Und er war attraktiv. Nun, da er nicht mehr so zornig war, konnte sie erkennen, wie gut er wirklich aussah.

Slim starrte ihn durch das Fenster an und versuchte, ihren ganzen Mut zusammenzunehmen. Ohne auch nur zu merken, was sie tat, band sie die Schürze ab und warf sie auf die Theke. Dann eilte sie zur Tür.

»Mitch?«, rief sie.

Er drehte sich um, sah sie. »Heh«, sagte er und strahlte.

Willst du, Slim …

Danach ging alles ziemlich schnell. Aber niemand auf Slims Seite glaubte, dass es zu schnell gewesen war.

Es war so klar, so richtig. Und sie waren so verliebt.

Wenn man Ginny glauben wollte, hatte Mitch Hiller Slim nicht nur vor einem Ekel gerettet, das vorgehabt hatte, sie zu demütigen. Er hatte sie vor allen Ekeln, Widerlingen und Betrügern der ganzen Welt gerettet. Er hatte ihr einen Verlobungsring geschenkt, den nur ein Blinder nicht bemerken und nur ein Mistkerl übersehen würde. Das stellte auch Phil zufrieden, für den Slim wie eine Tochter war, und überzeugte ihn von Mitchs ehrenhaften Absichten. Mitch war ein Teil von Slims Leben geworden – der beste Teil, wie sie immer sagte. Er war nicht nur in sie verliebt, er *interessierte* sich für sie. Er wollte alles über sie wissen, alles.

Es fiel ihm schwer zu glauben, dass sie noch nicht viele Freunde gehabt hatte. Eine so hinreißende, geistreiche und attraktive Frau wie Slim? Ganz bestimmt nicht. Sie lachte und erzählte ihm noch einmal, dass sie viel zu sehr damit beschäftigt gewesen war, ihren Lebensunterhalt zu verdienen und sich um ihre Mutter zu kümmern, die dennoch ein paar Jahre zuvor an Krebs gestorben war. Ihr wirklicher Vater? Der hatte sich lange davongemacht.

»Willst du damit sagen, dass du ganz mir gehörst?«, hatte Mitch gesagt. Er sagte es noch einmal bei ihrer Hochzeit, die auf dem Landsitz seiner Familie in Pasadena stattfand. Er hatte mehr als genug Verwandte, um ihren Mangel daran aufzuwiegen. Und obwohl die nicht gerade begeistert darüber waren, dass Mitchs Liebste nicht einmal das College abgeschlossen hatte, von einer Privatschule gar nicht zu reden, schwiegen sie dennoch zum größten Teil höflich. Und sie waren großzügig. Die Hochzeit war, wenn schon keine liebevolle, so doch eine großartige und teure Angelegenheit.

»Sagen Sie, Phil«, sagte Mitchs Mutter nach der Zeremonie und dem eleganten Hochzeitsessen, »Mitch hat sich recht … vage ausgedrückt.« Sie beobachtete, wie ihr Sohn und seine neue Braut barfuß tanzten, so eng aneinander geschmiegt, ihre Blicke ineinander versunken, als wäre sonst niemand anwesend. »Ist ihr Vater ebenfalls tot?«

Phil riss den Blick von Slim und Mitch los. Er drückte die Hand seiner Frau Salima und sah Mrs. Miller an. Sie war Ende Fünfzig, sehr selbstsicher und an ihre Macht und den Wohlstand ihrer Familie gewöhnt, und sie war, wie Phil dachte, eine nette Person, trotz ihrer Zweifel daran, ob eine Kellnerin es wert war, in ihren reichen Klan einzuheiraten. Sie kannte Slim einfach noch nicht, das war alles.

»Ihr Vater ist tot?«

Phil wog die Frage ab. »Für Slim ja. Er ist verschwunden, als sie zwei Jahre alt war.«

»Oh.« Mrs. Hiller warf ihrem Mann einen viel sagenden Blick zu. Er nickte, denn er war daran gewöhnt, ihr stets zuzustimmen, ob er nun wusste wozu oder nicht. »Nun«, fuhr sie fort, »ich zahle gern für die Hochzeit.«

Mr. Hiller schien zu erwachen. »Ja«, sagte er. »Wir sind sehr glücklich –«

Seine Frau ignorierte ihn. »Es ist eine Möglichkeit, Brücken zu bauen«, vertraute sie Phil an. »Nicht, dass man etwas tun könnte gegen ...« Sie machte eine vage Geste. »Gegen den Schaden, der bereits besteht ... wenn es so viel Hochwasser gab –«

»Sie kommen nicht so gut mit ihrem Sohn zurecht?«, fragte Phil mit seinem schweren Akzent.

Sie war angesichts solcher Offenheit verdutzt, aber nicht vollkommen ablehnend. Sie wandte sich von Phil ab und schaute wieder das glückliche Paar an. »Es ist wie bei meinem Vater«, sagte sie. »Ich nehme an, das bedeutet, dass es ihm einmal sehr gut gehen wird.«

»Er hat Glück, Miss Slim für sich zu haben«, erklärte Phil.

»Ja, nicht wahr?« Sie seufzte, immer noch nicht vollkommen beruhigt. »Trotz all der oberflächlichen Unterschiede.«

Phil wusste, dass sie auf Slims Arbeit als Kellnerin anspielte. Er wollte gerade antworten, als Salima an seiner Hand zupfte. Neben ihr standen Ginnys zwei Kinder. Das siebenjährige Mädchen umklammerte pflichtbewusst die Hand seines fünfjährigen Bruders.

Salima nickte zur Tanzfläche hin, nicht zu Slim, sondern zu Ginny und ihrem Tanzpartner. Phil lachte. Ginny tanze mit Joe, einem alten Freund von Slim, der zu ihrer großen Freude von weit her gekommen war, um Gast bei ihrer Hochzeit zu sein. Salima zwinkerte Phil zu, dann bückte sie sich und flüsterte Ginnys Kindern verschwörerisch etwas zu.

Die beiden jubelten und rannten auf die Tanzfläche,

um an dem ein wenig steifen und so gar nicht zu Ginny passenden Brautjungfernkleid zu zupfen, das Mrs. Hiller ausgewählt hatte. »Mom, Mom!«, rief Ginnys Tochter. »Dürfen wir heute Nacht bei Phil und Salima schlafen?«

Ginny warf der Frau ihres Chefs einen Blick zu, zwinkerte dankbar und beugte sich vor, um ihren Kindern einen Kuss zu geben. »Esst aber nicht zu viel Eis!« Vor Freude kreischend rannten die beiden zu Phil und Salima zurück, und Ginny tanzte weiter mit Joe. Sie hatten gerade über ein witziges Erlebnis gesprochen, das Joe und Slim einst gehabt hatten. »Wann war das? Als ihr auf dem College wart oder danach?«

»Auf dem College«, sagte Joe.

»Sag mal, was stimmt eigentlich nicht mir dir?«, fragte Ginny, und als Joe sie verdutzt ansah, beugte sie sich vor und fuhr in champagnerwirrer Vertraulichkeit fort: »Ich meine, wieso habt ihr euch eigentlich getrennt, du und Slim?«

Joe war vierundzwanzig – älter als Slim, jünger als Ginny –, aber er hatte bereits die Haltung eines ehrlichen, guten Mannes, die ihn viel ernster und reifer wirken ließ als seine Jahre. »Oh. Hm«, sagte er nachdenklich. »Ich bin furchtbar schlecht im Bett.«

Ginny musste sich die Hand auf den Mund drücken, um nicht laut zu lachen.

»Außerdem –« Joe grinste. »Ich weiß es nicht. Sie musste das College wegen Geldproblemen verlassen, und irgendwie … irgendwie hat sich unsere Beziehung danach zu einer Freundschaft weiterentwickelt.«

»Entwicklung?«, lachte Ginny. »Das war aber eine Entwicklung in die falsche Richtung, Mann.«

»Das dachte ich auch«, stimmte er zu. »Aber ich nehme an, ich war so erbärmlich …«

»Warum kann ich das einfach nicht glauben?«, fragte sie. Sie legte den Kopf zurück und sah ihn forschend an. »Darf ich dich jetzt nach Hause bringen?«

»Wenn du Sinn für Humor hast«, erklärte Joe ungerührt.

»Nein, wirklich. Meine Kinder sind über Nacht weg, und –«

»Noch was«, warf er ein. »Ich wohne in Seattle. Die Frauen wollen immer eine Langzeit–«

Ginny legte ihm sanft die Hand auf den Mund. »Ich hab dir keinen Heiratsantrag gemacht, oder? Ich wollte nur …« Sie betrachtete ihn. »Eine kurzes und vollkommen unbefriedigendes sexuelles Erlebnis.«

»He«, sagte Joe, »da bin ich genau der Richtige.«

Ginny zog ihn zu sich, zu einem Kuss, und … nun, er küsste gar nicht schlecht. Sie öffnete ein Auge und sah hinter ihm Slim und Mitch. Sie hielten einander eng umschlungen, bewegten sich kaum mehr, schwankten nur noch ein wenig. Slim bemerkte Ginnys Blick.

Sie lachte. *Na los, mach schon.* Sie reckte hinter Mitchs Nacken ermutigend den Daumen hoch.

Dann wandte sie ihre großen braunen Augen wieder Mitch zu und betrachtete sein schönes, leidenschaftliches Gesicht.

»Bist du sicher, dass du mich liebst?« Das klang selbst für ihre eigenen Ohren kindisch und unsicher.

»Mhm«, antwortete Mitch.

»Für immer und ewig?«, bohrte Slim weiter nach.

Er hörte auf zu tanzen oder zu schwanken oder was

immer es war, das sie gerade getan hatten, hob Slims Kinn hoch und starrte ihr in die Augen. »Bei mir bist du in Sicherheit, Slim«, sagte er. »Du bist in Sicherheit, und es ist in Ordnung, glücklich zu sein. Wir haben es verdient.«

Er beugte sich vor und küsste sie, zuerst sanft, dann immer sinnlicher, leidenschaftlicher. Als sie sich voneinander lösten, applaudierten ein paar Gäste.

Phil kam errötend und grinsend auf sie zu: »Es tut mir Leid, aber ich muss morgen um fünf aufstehen und grüne Bohnen kaufen.« Er schob Mitch einen Umschlag zu. »In meiner Familie ist es Tradition, dem Bräutigam Geld zu geben. Sie brauchen es vielleicht nicht, aber –«

Gerührt schüttelte Slim den Kopf. Mitch sagte: »Das ist wirklich nett.«

»Danke, dass du Brautvater warst.« Slim umarmte Phil. »Du warst der beste Ersatzvater, den ein Mädchen sich wünschen kann.«

»Kein Ersatz«, protestierte er abermals errötend. »Ich bin echt.«

Sie gab ihm einen Kuss, und dann gingen Phil und Salima und nahmen Ginnys Kinder mit. Slim und Mitch sahen ihnen nach. Mitch nahm sich eine Champagnerflöte von einem Tablett, das ein Kellner gerade vorbeitrug, und trank einen großen Schluck. Dann stellte er das angelaufene Glas aufs Tablett zurück und starrte Slim an. »Er hat dich wirklich gern«, stellte er fest, als hätte er das jetzt erst begriffen.

Slim nickte mit Tränen in den Augen.

Mitch zog sie an sich und schob die Hände in das Oberteil ihres Kleids. Sie spürte seine kalten Finger auf ihren Brüsten, spürte, wie er sie besitzergreifend knetete. Das Gefühl war wie ein Messerstich, und sie war hin und her gerissen zwischen Scham und Begierde. Es gab immerhin Leute, die sie sahen: Paare auf der Tanzfläche, Gäste auf Liegestühlen, sogar ein paar der Musiker. Mitchs Mutter wandte sich von ihnen ab, hakte sich bei zwei Freundinnen ein und kehrte ins Haus zurück.

Mitch schien das alles nicht zu bemerken. Er zog Slim fester an sich. »Wirst du mir Kinder schenken?«, fragte er, seine heisere Stimme halb neckend, halb ernst.

»O ja«, sagte Slim und konzentrierte sich wieder ganz auf ihn, auf sein schönes Gesicht, seine starken Arme, seinen kräftigen Körper, den er an sie drängte.

»Bald schon?« Er drückte sie fester, wollte keinen Raum mehr zwischen ihnen, keinen Raum, um zu atmen, nachzudenken, zu zweifeln.

»Wie schnell können wir hier weg?«, fragte Slim.

Mitch nahm sie in die Arme und trug sie von der Tanzfläche. Die Gäste machte ihnen Platz und applaudierten entzückt über die romantische Geste. Slim fühlte sich schwach, berauscht, glücklich. Sie lehnte sich in Mitchs unglaublich starken, sicheren Armen zurück und verbannte für eine kleine Weile diese vertraute zweifelnde Stimme, die fragte, ob das alles nicht zu schön war, um wahr zu sein.

Der edle Eroberer

Slim war im vierten Monat schwanger, als sie sich auf die Suche nach einem Haus machten. Sie gingen nicht zu einem Makler oder sahen sich die Anzeigen an, sondern fuhren in den Wohnvierteln umher, die ihnen gefielen, und sahen sich Häuser unterschiedlicher Größe und Stile an. Mitch mochte große, karge, neuere Häuser mit unkomplizierten Rasenflächen. Slim gefielen Häuser im Landhausstil mit hübschen Terrassen und gepflasterten Gartenwegen und alten Bäumen und Büschen, von denen einige jetzt schon zu blühen begonnen hatten.

»Das hier gefällt mir am besten«, erklärte Slim, als sie langsam an einem großen Haus im spanischen Stil vorbeifuhren. Es sah geräumig und bequem aus und hatte einen liebevoll angelegten Garten.

Mitch hielt an. »Hübsch«, sagte er. »Ich könnte mir vorstellen, hier zu wohnen.«

Slim lachte. »Aber es ist leider nicht zu verkaufen«, erinnerte sie ihn.

»Kein Problem.« Mitch strich ihr übers Haar und die Wange, dann stieg er aus dem Auto und ging den Weg entlang, der zur Haustür führte.

Der Mann, der auf sein Klopfen hin die Tür öffnete, war Anfang Sechzig, weißhaarig und rosig, und er lächelte höflich. »Hallo?«

»Hi«, sagte Mitch forsch. »Wir sind hier umhergefahren, und meine Frau hat sich vollkommen in Ihr Haus verliebt.«

Der Mann legte den Kopf schief, wartete und sagte schließlich: »Ja, es ist schön, nicht wahr?«

Mitch lächelte und nickte. »Wir möchten es kaufen.«

Der Mann riss den Mund auf, als Mitch auf das Auto zeigte und auf Slim, die ausgestiegen war und ihren Rücken streckte. Ihr schwangerer Bauch zeichnete sich schon ein wenig ab. »Meine Frau möchte es für unsere Familie«, erklärte Mitch freundlich.

»Oh. Es tut mir Leid, aber das Haus ist nicht zu verkaufen«, erklärte der weißhaarige Mann höflich, aber bestimmt.

»Aber sicher ist es das.« Mitch grinste. »Ich sage Ihnen was.« Er zog einen alten Strafzettel aus der Tasche und schrieb eine Zahl darauf. »Das ist der Preis. Machen Sie sich keine Gedanken, er liegt erheblich über dem Marktpreis.«

Verblüfft und unsicher, ob er nun lachen oder der plötzlichen Angst nachgeben sollte, die sich in seinem Bauch regte, schaute der Mann erst den Zettel an, dann wieder Mitch. »Sie ...«, sagte er und befeuchtete sich die plötzlich trockenen Lippen, »Sie müssen den Verstand verloren haben.«

»Ich weiß«, stimmte Mitch zu, und sein Lächeln wurde noch strahlender, während er den Mann mit seinem Blick geradezu aufspießte. »Bevor Sie also noch mal Nein sagen, überlegen Sie mal, wie schwer Ihnen ein entschlossener Verrückter das Leben machen könnte.« Er senkte Unheil verkündend die Stimme. »Und zwar heute, morgen und an jedem einzelnen Tag, an dem Sie nicht verkaufen.«

Der Mann wich einen Schritt zurück. Sein rosiges Gesicht war blass geworden. Auch die Hand, mit der er immer noch die Messingtürklinke seines Heims umklammerte, war weiß geworden. Er konnte dieses Wolfsgrinsen nicht mehr ansehen und auch nicht Mitchs eisigem Blick begegnen, also schaute er zu Slim hin. Sie lächelte und zuckte die Achseln, als wollte sie sagen: *Ich habe ihm doch gesagt, dass Ihr Haus nicht zu verkaufen ist.*

Mitch bemerkte, dass der Mann seine Aufmerksamkeit von ihm abgewandt hatte. Er trat so vor ihn, dass er Slim nicht mehr sehen konnte. »Ihre Kinder sind erwachsen«, erinnerte er den Mann. »Sie werden in einem kleineren Haus glücklicher sein. Das können Sie mir glauben.«

Slim erfuhr nie, wie ihr wunderbarer Ehemann es erreicht hatte. Sie war sicher gewesen, dass der Mann sein Haus nicht verkaufen wollte, aber irgendwie hatte Mitch ihn überredet. Er schien immer zu bekommen, was er wollte – besonders, wenn es etwas war, was auch sie wollte. Und nun war sie einen Monat später schon damit beschäftigt, zu packen, um in ihr unglaubliches neues Heim umzuziehen.

»Ich habe dir doch gesagt, dass du bei mir in Sicherheit sein wirst«, erinnerte er sie, als sie Zeitung um das Porzellan wickelte, das Mitchs Mutter ihnen geschenkt hatte. Er war auf dem Weg zur Arbeit, die Aktentasche in der Hand, und sah in seinem gut geschnittenen dunklen Anzug groß und schlank aus. »Ich habe dir doch gesagt, dass wir es verdient haben, glücklich zu sein. Bist du glücklich, Slim?«

»Sehr glücklich«, sagte sie, richtete sich gerade auf und massierte ihren Bauch. »Ich bin glücklicher und dicker, als ich es je für möglich gehalten hätte. Und was ist mit dir?«

Er legte ihr die Hand in den Nacken und zog sie an sich. »Ich? Heh, ich bin leicht zufrieden zu stellen«, flüsterte er und streifte dabei mit den Lippen ihre Wange. »Dich glücklich zu machen ist alles, was ich brauche.« Er küsste sie sanft, dann leidenschaftlicher, besitzergreifender, drückte sie an sich, nur mit der Hand in ihrem Nacken. »Das ist alles, was du tun musst, Slim. Glücklich sein und bei mir bleiben.«

Die Umzugswagen erschienen eine Stunde, nachdem Mitch gegangen war. Slim überwachte das Verladen, dann fuhr sie zu dem neuen Haus und fing an auszupacken. Schon vor Wochen hatte Ginny angeboten, an diesem Tag vorbeizukommen und zu helfen. Aber Slim hatte vergessen, sie anzurufen. Es war einige Zeit her, seit sie miteinander gesprochen hatten; Slim hatte ihr noch nicht einmal die neue Telefonnummer gegeben. Na gut, beruhigte sie sich und holte eine Zweiliterflasche Öl aus den Styroporchips in der Umzugskiste, zumindest war ihre Handynummer dieselbe geblieben. Ginny würde sie erreichen können, ebenso wie Phil und Salima.

Die Zeit war so schnell vergangen! Es war schon so lange her, seit sie ihre Freunde zum letzten Mal gesehen hatte. Aber bei all den Arztterminen, dem Fitnessstudio, Mitchs schwer vorhersehbarem Terminplan und dem bevorstehenden Umzug …

Slim reckte sich, um das Öl auf ein Regal in der Vorratskammer zu stellen.

Sie konnte es nicht. Etwas in ihrem dicken Bauch streckte sich, dann riss es wie ein Gummiband, das zu weit gespannt wird. Slim umklammerte die Flasche fest und beugte sich vornüber. Ihr war plötzlich heiß im Gesicht, aber der Rest ihres Körpers war kalt und schweißfeucht. Und dann schien sich die Hand, die die Ölflasche hielt, ohne ihr Zutun zu senken. Die schwere Flasche rutschte ihr durch die Finger und fiel auf den Boden.

Slim starrte die Flasche an. Dann hob sie langsam den Kopf und hielt nach dem schnurlosen Telefon Ausschau. Sie schleppte sich zur Küchentheke, wo es lag, und zog sich an den Beinen eines Hockers hoch. Sie begann zu weinen, als sie die Nummer von Mitchs Büro wählte. Sie zog sich auf den Hocker und starrte das Öl an, das sich über den Boden ergoss, und den leuchtend roten Fleck darin; das Blut lief ihr am Bein entlang und verfärbte ihre cremefarbene Hose.

»Mitchell Hiller Hochbau«, zirpte die Stimme der Empfangsdame.

»Ich bin's, Marcia«, murmelte Slim heiser. »Würden Sie bitte einfach ...« Sie war so müde! Ihr Bauch krampfte sich schmerzhaft zusammen. Blut sammelte sich unter dem Hocker. »Sagen Sie Mitch einfach, dass es mir Leid tut, ja?«

Gracie

Er versprach, dass es nicht wieder passieren würde. Aber es passierte wieder. Sie hatte noch eine Fehlgeburt.

Er kniete neben ihrem Krankenhausbett und hielt sie und wiegte sie und versprach wie schon zuvor, dass beim nächsten Mal alles in Ordnung sein würde. Alles würde gut gehen. Sie würden ihr Kind bekommen, was immer es brauchte, selbst wenn sie die ganzen neun Monate im Bett verbringen musste, mit Krankenschwestern und Haushälterinnen, die sich um alles kümmerten.

Sie würden eine Familie haben, eine Familie sein. Mitch versprach es. Hatte er sie denn je enttäuscht? Hatte es je irgendetwas gegeben, das sie wollte und er ihr nicht geben konnte?

Sie sah, wie seine Augen feucht wurden, und hörte die empörte Entschlossenheit in seiner Stimme.

Slim konnte ihn nicht enttäuschen. Also verbarg sie ihre eigenen Tränen – Tränen um die kleinen Wesen, die sie verloren hatte, um die Mutter, die sie nicht hatte sein können, um ihren erschütterten Mann, und auch um sich selbst – Tränen des Zorns, weil sie dumm gewesen war, achtlos, unwürdig.

Sie sagte: *Ja, Mitch, ja, selbstverständlich, es wird schon gehen.* Er hatte Recht. Er hatte immer Recht.

Ihre nächste Schwangerschaft war eher eine Schreckenszeit als eine Zeit der Freude. Die Angst, dass etwas schief gehen könnte, verdarb jeden einzelnen Augenblick. Sie lebte von einem Arzttermin zum nächsten, kaum im Stande zu atmen, bis sie die Worte hörte: »Es ist alles in bester Ordnung. Alles ist genau so, wie es sein sollte.«

Und eines Tages rief sie auf der Baustelle an.

Mitch war mit Bauhelm und Armanianzug auf der Baustelle eines halb fertigen dreißigstöckigen Bürohauses unterwegs. Er trank Kaffee aus einem Pappbecher und unterhielt sich mit zwei uniformierten Polizisten, die er schon seit Jahren kannte. Als er sich wieder dem Architekten zuwandte, um ein paar Probleme wegen des Penthouse zu besprechen, klingelte ein Handy.

Eine gut gekleidete junge Frau, die zu Mitchs Team gehörte, ging ans Telefon und versuchte, es ihm zu reichen. Mitch schüttelte den Kopf und winkte ab.

»Es ist das Krankenhaus«, sagte sie. »Ihre Frau –«

Er riss ihr das Telefon aus der Hand und lauschte konzentriert, dann rannte er zu seinem Auto.

Zehn Minuten später stürmte er durch die antiseptischen Flure und suchte Slim. Sie lag im Bett. Ihr Gesicht war sehr blass. Schweißperlen standen auf ihrer Oberlippe und den Wangen. Mitch beugte sich zu ihr, sein Gesicht nur wenige Zentimeter von ihrem entfernt.

»Geht es dir gut? Ist auch wirklich alles in Ordnung?«, fragte er und erstickte sie beinahe mit Küssen.

Eine Krankenschwester kam herein und brachte das Baby. Sie wollte es Slim reichen, aber Mitch stand rasch auf und fragte: »Darf ich sie halten?«

Mit einem Blick zu Slim, die schwach lächelte und nickte, reichte die Schwester Mitch sein Kind.

Er küsste die winzige Baumwollmütze auf dem Kopf des Babys, dann tanzte er mit seiner Tochter durchs Zimmer. »Heh, Gracie«, gurrte er das winzige Geschöpf an, das beinahe in seine Handfläche passte. »Bist du mein kleines Mädchen? Bist du die, auf die ich gewartet habe?«

Gracie. Sie hatten sich vor einem Monat für den Namen entschieden.

Müde beobachtete Slim die beiden durch halb geschlossene Lider und lächelte träge und liebevoll Mitch und seine Tochter an, ein unglaublich schöner Anblick. Das Klingeln von Mitchs Handy ließ sie aufschrecken. Aber Mitch gurrte weiter seine Tochter an, tanzte, ignorierte das aufdringliche Geräusch. Es hatte auch nur ein einziges Mal geklingelt.

Er küsste den Kopf des Kindes wieder und wieder, wie er es zuvor mit Slim gemacht hatte, und starrte der Kleinen in die Augen. »Sie sieht genau wie meine Babyfotos aus.«

Wieder klingelte das Handy, und diesmal hörte es nicht so schnell wieder auf. *Als wäre der erste Anruf ein verabredetes Signal gewesen,* dachte Slim bei sich. Vor allem, als Mitch den Anruf wieder nicht annahm.

Es gelang ihm mit einiger Schwierigkeit, das Telefon abzuschalten, während er das Kind auf dem Arm balancierte. Aber er sagte nichts darüber. Und er sah Slim nicht an.

»Wer war das?«, fragte sie schläfrig.

»Weiß ich nicht. Ist doch auch egal. Irgendwer von der Baustelle.«

Sie beobachtete ihn, wollte mehr, wollte eine andere, bessere Antwort. Aber Mitch hatte sich vollkommen auf Gracie konzentriert. »Ist sie nicht das Schönste, was du in deinem ganzen Leben gesehen hast?«, fragte er, ohne Slim auch nur anzusehen.

Unsere glückliche Familie

Es passierte nach und nach, beinahe unmerklich. Mitch musste zu den seltsamsten Zeiten arbeiten. Wenn er nach Hause kam – oft nur, um sich zu duschen, umzuziehen und wieder zu gehen, um mit einem Kunden zu Abend zu essen oder sich mit dem Vorarbeiter zu besprechen –, fand er immer noch einen Augenblick, um ins Kinderzimmer zu gehen und nach seiner Tochter zu schauen.

Manchmal erlaubte Gracie ihm, sie zu halten. Oder sie versuchte tapfer zu lächeln, wenn er sie in die Luft warf. Aber ebenso oft wehrte sie sich und streckte die Arme nach Slim aus.

»Oh-oh. Hetzt Mommy dich gegen mich auf?«, neckte Mitch, wenn Gracie weinte und versuchte, sich aus seinem Griff zu winden. Slim verdrehte dann die Augen, lachte über diese absurde Bemerkung oder sagte: »Das ist nicht komisch. Sie ist ganz versessen auf dich, genau wie ich es bin. Du bist nur manchmal ein bisschen rau mit ihr.«

Mitch brachte Gracie Geschenke, und er hatte auch immer Geschenke für Slim. Er hatte Fotos »seiner Mädchen« in seiner Brieftasche und auf dem Schreibtisch im Büro. Wenn er in der Nähe war, fuhr er manchmal zu Gracies Kindertagesstätte, nur um guten Tag zu sagen. Es wurde einfacher, als die Kleine älter wurde. Gracie hatte weniger Angst und freute sich mehr darauf, Zeit mit ihm zu verbringen.

Aber er war nicht immer da. Und wenn er weg war,

dann konnte es durchaus sein, dass Slim ihre Frustration und Einsamkeit gegenüber Gracie durchscheinen ließ. Was, wenn sie das Kind damit wirklich gegen ihn aufhetzte?

Er hatte Slim gesagt, es wäre in Ordnung, wenn sie ihre Freunde anrief und einlud. Natürlich hatte er gehofft, dass sie andere Leute finden würde, Leute aus besseren Kreisen als die Mannschaft aus dem Diner, aus dem sie er sie gerettet hatte: Kellnerinnen und Leute, die kaum Englisch sprechen konnten. Und brachte sie Gracie nicht jeden Samstag nach Pasadena zu seiner Mutter?

Es waren nicht nur die Freunde, die ihr fehlten, behauptete Slim immer wieder, es war Mitch selbst. Es war das Familienleben. Nie unternahmen sie etwas zusammen.

Also gut. Und wenn sie zusammen waren, wozu sollte das gut sein? So wie jetzt, dachte Mitch. Slim hatte gewollt, dass sie ein Picknick am Strand machten. Also gut. Er hatte eine geschäftliche Verabredung aufgegeben – nichts besonders Wichtiges. Dennoch, er hatte seine Pläne geändert, nur um mit seiner Frau und seiner Tochter zusammen zu sein.

Aus seinem Liegestuhl warf er ihnen einen bösen Blick zu. Slim sah immer noch gut aus, das musste man ihr lassen. Und Gracie war jetzt schon fast fünf und ausgesprochen niedlich. Aber musste er wirklich hier sein? Slim und Gracie alberten zusammen herum, kicherten, erzählen einander Geheimnisse, sahen ihn nicht einmal an.

Slim drehte sich um und bemerkte, wie Mitch sie beobachtete. Eine Sekunde lang sah er wie ein Fremder aus, ein zorniger, mürrischer Außenseiter, der sich von ihrer und Gracies Freude persönlich beleidigt fühlte. Slim blieb das Lachen im Hals stecken. Ihr Lächeln fühlte sich plötzlich leer an.

»Gracie, möchtest du Daddy unser Geheimnis erzählen?«, sagte sie rasch.

»Nö.« Gracie schüttelte den Kopf und kicherte schelmisch.

Slim wandte sich wieder Mitch zu, wollte die Achseln zucken und einen Witz aus der Situation machen, wollte ihn in ihren Spaß einschließen. Aber er hatte sich bereits abgewandt.

Der Anruf

Es war an diesem oder am nächsten Abend, als Slim die Dusche in dem Badezimmer hörte, das zu ihrem Schlafzimmer gehörte. Durch das von Wasser überströmte Kathedralglas sah sie Mitchs hageren Schatten, wie er sich einseifte.

Lächelnd beobachtete sie ihn eine Weile, beobachtete den verzerrten Geist dieses schlanken, muskulösen Körpers. »Heh«, rief sie ihm zu, stieg aus der Hose und zog das Hemd über den Kopf.

»Heh«, antwortete Mitch.

Sie trug nur noch ihr Höschen. »Soll ich zu dir kommen«?, fragte sie verführerisch.

»Ich bin fast fertig«, sagte er.

Er klang sachlich – nicht zornig, nicht kalt.

»Oh«, sagte sie und fühlte sich wie nach einem Schlag ins Gesicht. Es gab keinen Grund, sagte sie sich, so enttäuscht zu sein, wie sie sich fühlte.

Sie biss sich auf die Lippe. Sie war einfach albern, das war alles.

»Ich muss wieder zur Arbeit«, erklärte er. »Ich dusche vor allem, um mich aufzuwecken.«

»Oh«, sagte sie abermals und ebenso automatisch. »Also gut.« Sie drehte sich um und wollte gehen.

»Slim«, rief er ihr hinterher. »Tut mir Leid.«

»Ja«, murmelte sie leise. »Mir auch.« Sie zog wieder Shorts und ein T-Shirt an und ließ ihn allein. Nachdem sie bei Gracie vorbeigeschaut hatte, die immer noch friedlich schlief, fühlte sie sich ein wenig besser. Dort lag der Beweis, der lebendige, berauschende Beweis, wie schön ihr Leben war. Sie hatte alles, was sie sich immer gewünscht hatte, mehr, als sie je für möglich gehalten hätte. Slim küsste Gracie auf die glatte, warme Stirn und ging nach unten, um Geschirr zu spülen.

Es gab nicht viel Geschirr. Sie hatte nicht gekocht. Auf der Küchentheke standen halb leere Behälter mit Mitnehm-Essen. Slim spülte die paar Teller, die sie benutzt hatten, vor, dann begann sie damit, die Essensreste in Plastikbehälter zu löffeln. Es erinnerte sie an ihre Kellnerinnenarbeit, an das Tischeabwischen, das Trinkgeldzählen. Aus dem Diner hatte sie auch immer Reste mit nach Hause genommen.

Es kam ihr vor, als wäre das eine Ewigkeit her, ein ganzes Leben lang. Die Enttäuschung, die sie gerade verspürt hatte, war nichts verglichen mit dem, was Mitch ihr gegeben hatte. Sie dachte immer noch daran, wie glücklich sie doch war, als irgendwo in der Küche ein seltsames Geräusch erklang. Ein leises Summen, ein Klappern auf der Marmortheke.

Slim warf einen Blick dorthin. Nur ein paar Schritte entfernt lagen Mitchs Brieftasche, die Schlüssel, sein Handy und sein Piepser. Sie zuckte zusammen, als der Piepser erneut zu vibrieren begann. Mitch war oben und duschte immer noch. Sollte sie den Anruf annehmen?

Lieber nicht, entschied sie. Wer immer das war, würde eine Nachricht hinterlassen oder noch einmal anrufen. Als der Piepser jedoch immer weiter summte, ging sie vorsichtig näher heran, als wäre er ein Vogel oder ein Insekt oder etwas anderes Lebendiges. Sie trocknete ihre Hände methodisch an einem Geschirrtusch ab, dann hob sie den Piepser hoch. Auf dem Display stand »33«.

Slim starrte die Ziffern verblüfft an. Dann begriff sie, dass es sich um einen Code handeln musste. Sie blickte auf und lauschte. Das Wasser lief immer noch. Impulsiv griff sie nach Mitchs Handy und drückte, obwohl sie nicht genau wusste, was das eigentlich bringen sollte, »Wahlwiederholung 33«. Auf dem Display blitzte das Wort NAME auf. Aber statt eines Namens sah sie drei Sterne: ***. Verblüfft drückte sie auf den grünen Knopf und hob das Telefon ans Ohr.

Die Stimme einer Frau, verführerisch und schalkhaft, sagte: »Hallo, mein Schatz.« Sie hatte einen Akzent – italienisch, französisch?

Slims Magen zog sich zusammen und pumpte Galle in ihre Kehle hinauf. Sie holte tief Luft und schluckte. »Sie haben gerade meinen Mann angepiepst, nicht wahr?«, fragte sie. Ihr war übel und schwindlig. »Mitch?«

Keine Antwort.

»Wer sind Sie, wie heißen Sie?«

»Es tut mir Leid, ich –«, begann die Frau.

»Es ist zu spät, es abzustreiten«, sagte Slim ruhig. Sie lehnte sich schwer gegen die Küchentheke, drückte die Faust auf ihren tobenden Magen. »Sagen Sie mir, wer –«

Am anderen Ende raschelte es. »Legen Sie nicht auf!«, verlangte Slim. »Seien Sie nicht feige!«

Schweigen. Atmen.

»Ihr Name.« Slim war den Tränen nahe. Sie bettelte

beinahe. »Das ist doch wohl das Mindeste, denken Sie nicht auch?«

»Ich heiße ... Darcelle«, antwortete die Frau, und nun war ihr Akzent klar und eindeutig. Sie war Französin.

Slim war so verblüfft, dass sie wahrscheinlich auch dann nichts mehr hätte sagen können, wenn die Frau nicht aufgelegt hätte. Sie war beinahe erleichtert, das Freizeichen zu hören. Sie schüttelte den Kopf, starrte das Telefon an, versuchte, sich aus einem Albtraum zu wecken. Langsam und mechanisch drückte sie auf AUS.

Die vielen Geschäftsessen. Die Besprechungen. Darcelle?

Mitch, der sie liebte, der es ihr immer wieder sagte, der sie mit Geschenken überhäufte und damit prahlte, wie klug und schön ihre Tochter war.

Was war passiert?

Slim sah sich in der Küche um, sah die glänzend sauberen Geräte an, das schmutzige Geschirr, die Plastikbehälter, Mitchs Schlüssel auf der Theke, ein Spielzeug von Gracie auf dem Boden. Diese alltäglichen Gegenstände wirkten nun seltsam fehl am Platz. Es war, als wäre sie in ein fremdes Haus gekommen. Sie bückte sich, um das Spielzeug aufzuheben, aber stattdessen bewegte sich ihr Körper noch tiefer nach unten. Sie sackte zu Boden und blieb dort sitzen, starrte ins Leere.

Als Mitch nach unten kam, frisch angezogen, das Gesicht glänzend, nach Aftershave duftend, fand er sie so vor, mit dem Rücken gegen die Theke gelehnt, den Kopf gesenkt. »Nanu?«, rief er verblüfft.

Slim sagte nichts.

Mitch näherte sich vorsichtig und leise. Er sah das Handy in Slims Hand, sein Handy, und eins von Gracies Spielzeugen.

Mit großer Anstrengung gelang es Slim, den Kopf zu heben. »Sie hat dich angepiepst«, sagte sie und schaute ihm forschend in die dunklen Augen.

Er zuckte mit keiner Wimper. »Wer?«

»Nummer 33. Darcelle.«

Sie beobachtete ihn, wartete. Er sagte nichts, sondern starrte sie nur schweigend an.

»Du bist wohl ein bisschen spät dran, wie?«, sagte sie. Als er diesmal nicht antwortete, spürte sie wieder das Brennen in ihrem Magen, drückte die Hand darauf und gab den Versuch auf, ihren Mageninhalt unten zu behalten. »Wow«, flüsterte sie verdutzt.

Sie wusste nicht, was sie erwartet hatte – vielleicht, dass er nach draußen ging oder sie anschrie oder es abstritt. Ganz sicher hätte sie niemals erwartet, dass er sich neben sie auf den Boden setzte, in seinem frischen Anzug und mit dem nassen Haar, nach dem Aftershave riechend, das sie an seinen festen, warmen Körper neben ihr im Bett erinnerte.

»Ist sie Französin?«, fragte Slim, um diese plötzliche, Übelkeit erregende Begierde loszuwerden.

»Sie ist nicht wichtig«, erklärte Mitch.

»Nein.«

»Du bist wichtig«, sagte er.

»Ja«, stimmte Slim ihm zu.

»Und Gracie.«

Sie warf den Kopf zurück, obwohl sie wusste, dass

sie dann an den Schrank hinter sich stoßen würde. Sie brauchte den Schmerz, um aufzuwachen.

»Ich muss wohl blöd gewesen sein«, murmelte sie. »Ich muss die größte Idiotin auf diesem Planeten sein. Weißt du, warum? Weil ich dachte, dass wir glücklich sind. Ich dachte gerade, dass wir solches ... Glück hatten, dachte ich, im Bett, weil wir immer noch ...« Sie konnte nicht weitersprechen. Sie fing an zu weinen.

Mitch griff nach ihrer Hand. Sie zog sie weg. »Bitte, Slim, tu das nicht«, flehte er. Er versuchte, sie an sich zu ziehen. Wieder wehrte sie sich, wandte sich zornig ab. Schließlich nahm er sie in beide Arme, zog sie an sich und flüsterte: »Es wird schon alles wieder gut, es wird alles wieder gut.«

»Du hast gesagt, ich wäre bei dir in Sicherheit!«, rief sie gegen seine Brust.

Er umarmte sie und wiegte sich mit ihr in seinen Armen vor und zurück. »Das bist du, Slim. Das bist du. Ich verspreche es dir. Es tut mir Leid. Es tut mir so Leid«, sagte er und wiegte sie weiter. »Es wird alles wieder gut.«

Slim musste immer wieder daran denken. Wochen später, als sie mit Gracie zum Supermarkt fuhr, die hinter ihr angeschnallt saß und Kinderlieder von einer Auto-CD mitsang, erinnerte sich Slim plötzlich an die Stimme der Frau. Darcelle. Nummer 33.

Oder sie war in der Küche und sah die Theke, auf der Mitchs Piepser und die Schlüssel gelegen hatten, wo sie zu Boden gesunken war, mit Gracies Spielzeug in der Hand, und sie dachte an den Augenblick, in dem Mitch es »zugegeben« hatte. Er hatte es zugegeben, indem er nicht gesagt hatte: »Du irrst dich«, »Jemand muss sich verwählt haben«, »Es gibt nichts zwischen dieser Frau und mir.«

Oder wenn sie Gracie samstags zu Mitchs Mutter brachte und Mrs. Hiller ihr Seitenblicke zuwarf und sie nicht ganz so beiläufig fragte: »Wie geht es euch beiden? Benimmt Mitch sich anständig?«

Manchmal ging Slim an einem Spiegel vorüber und bemerkte einen Ausdruck auf ihrem Gesicht, der sie an ihre Mutter erinnerte. Ein müdes, besorgtes Stirnrunzeln. Ein Blick, der sagte: »Was habe ich falsch gemacht?«

Am schlimmsten waren die Augenblicke, in denen sie Gracie ansah und sich selbst erkannte: die Tochter eines Mannes, der es brauchte, dass alle Frauen ihn bewunderten, außer denen, die es wirklich taten. Das war selbstverständlich albern. Slims Vater, den sie seit einer Ewigkeit nicht gesehen hatte und der sich nicht im Geringsten dafür interessierte, sie zu kennen, war vollkommen anders als Mitch. Mitch liebte Gracie, kannte sie, interessierte sich für jeden Aspekt des Lebens seiner Tochter.

Wenn sie sich erinnerte, wenn sie an diesen schrecklichen Augenblick dachte, versuchte Slim, ein Gegengewicht zu schaffen, indem sie an all die wunderbaren Eigenschaften Mitchs dachte. Es gab so viele. Seine Verwundbarkeit. Seine seltsame Einsamkeit unter der selbstsicheren Haltung. Sein schuljungenhafter Eifer, ihr zu gefallen. Warum war es das, was ihr als Erstes einfiel? War sie oberflächlich, weil es ihr gefiel, wie er aussah, wie groß und stark er war, und wie klein und sicher sie sich in seinen Armen fühlte?

»Hallo!« Mitch kam in die Küche, Aktentasche und Anzugjacke in der Hand, die Krawatte gelockert. Slim hatte nicht gehört, wie die Garagentür aufgegangen war.

»Selber hallo«, sagte sie. Sie war froh, ihn zu sehen und ihre unruhigen Gedanken loslassen zu können. Gracie war oben und schlief bereits. Slim wischte sich die Hände ab und wandte sich ihrem gut aussehenden Mann zu. »Ein langer Tag?«

»Komm her«, sagte er und breitete die Arme aus.

Sie schmiegte sich in seine warme, feste Umarmung. Sie holte tief Luft, wollte seinen Duft einatmen – dann zuckte sie zurück. »Ich rieche sie«, sagte sie. Sie war erstarrt, konnte sich nicht mehr rühren, stand so steif wie eine überraschte Hirschkuh in seinen Armen.

Mitch trat einen Schritt zurück.

»Was?«, fragte er.

Sie konnte ihn nicht ansehen. Sie starrte ihre Füße an, die Fußbodenkacheln, die sich zu drehen schienen. »Ihr Parfum. Darcelle, oder wer immer es sein mag.«

»Slim.« Er schien verärgert. »Wir haben nur etwas zusammen getrunken.«

»Hör auf!«, rief sie und überraschte sich damit ebenso wie Mitch. Sie ging von ihm weg, umklammerte die Kante der Theke hinter sich und sah ihn endlich wieder an. »Ich habe dich erwischt, okay?«, sagte sie verbittert. »Und versuch gar nicht erst, dich rauszureden.«

Mitch schüttelte den Kopf, als verstünde er sie einfach nicht. Dann veränderte sich seine Miene langsam zu einer, die sagte, dass es Slim war, die *ihn* nicht verstand. Denn wenn sie ihn verstünde, würde sie sich nicht so verhalten, würde nicht behaupten, sie hätte ihn »erwischt«. O nein. Sie verstand es einfach nicht. Er beobachtete sie kalt und wartete.

»Wie viele, Mitch?«, wollte sie wissen. »Wie viele sind es? Wie viele waren es?«

Ausdruckslos antwortete er: »Wieso ist das wichtig?«

Slim brauchte eine Sekunde, um sicher zu sein, dass sie richtig gehört hatte. Zuerst konnte sie es nicht glauben, einfach weil Mitch es so vollkommen beiläufig ausgesprochen hatte.

Er starrte sie weiterhin an, schaute ihr direkt in die Augen, wollte sich davon überzeugen, dass sie ihn verstand. »Es geht nicht darum, dass unser Sexleben nicht gut ist – es ist großartig«, erklärte er leidenschaftslos. »Aber ich bin ein Mann, Slim. Während der Schwangerschaften und mit Gracie hattest du nicht immer so viel Zeit und Energie wie früher. Und ich verstehe das. Ich verstehe das wirklich.«

Seine Stimme klang nicht mehr so roboterhaft. Er versuchte nun wirklich zu erklären, offen und mit einer gewissen Sorgfalt, als erläuterte er einer Schülerin ein logisches, aber kompliziertes Prinzip der Naturwissenschaft. »Männer und Frauen haben unterschiedliche Bedürfnisse, und das ist in Ordnung so«, sagte er. »Darcelle kann sich darum kümmern. Und das ist vielleicht das Beste für alle –«

»Besonders für dich«, warf Slim eher erstaunt als zornig ein.

Mitch zuckte die Achseln.

»Du hast einen guten Handel abgeschlossen, nicht wahr?«, fuhr sie fort. »Ich kümmere mich um deine Tochter und dein Zuhause, und du treibst dich rum.«

Er erstarrte. Ihr Tonfall hatte ihm eindeutig nicht gefallen. Sein Blick war wieder fragend und kalt, als staunte er darüber, wie weit sie gegangen war.

Seine Ruhe machte sie noch wütender. »Nein, ich glaube nicht, dass das so weitergehen wird«, erklärte sie. »Nicht mehr, Mitch. Der Spaß ist vorbei.«

»Du bist zu laut«, flüsterte er. »Beruhige dich, Slim –«

Sie ging auf ihn zu, die Hände zu Fäusten geballt. »Ich mache nicht mehr mit!«, schrie sie ihn an, ihr Gesicht nur Zentimeter von seinem entfernt. »Soll ich das einfach hinnehmen? Ganz bestimmt nicht! Tut mir Leid. Ich liebe dich, aber ich bin nicht deine Fußmatte. Ich bin deine Frau. Ich bin deine Frau, und du kannst so etwas nicht machen.«

KLATSCH!

Mit derselben Geschwindigkeit, die er gegenüber dem Mistkerl im Diner an den Tag gelegt hatte, schoss Mitchs Hand vorwärts und traf Slim auf der Wange. Seine Miene war starr, sein Blick hart. *Hör sofort auf damit*, befahl er lautlos.

Slim fuhr entsetzt zurück. Gefangen zwischen Verwirrung und Empörung berührte sie ihre brennende Wange, wo seine schwielige Hand gelandet war, und starrte ihn an.

»Was ist?«, fragte Mitch. Er sah ihre Miene und schien amüsiert. »Ich darf dich nicht schlagen?«

Leise knurrte sie: »Nein. Das darfst du nicht.«

Diesmal boxte er sie und warf sie damit zu Boden. Slim fiel auf den Rücken und starrte wütend zu ihm hinauf. Er stand vor ihr wie ein Boxer, watete darauf, wieder zuschlagen zu können. Er sah den Zorn auf ihren Zügen.

»Du willst also wirklich Streit?«, fragte er verdutzt, aber bereit dazu. »Ich bin ein Mann, Schatz. Begreifst du das nicht? Du hast keine Chance.«

Slim antwortete nicht. Sie beobachtete ihn misstrauisch, aber in ihren Augen blitzte so etwas wie Trotz, der sagte: *Ach ja?*

»Du musst das verstehen. Slim. Ich dachte, du verstündest es«, erklärte Mitch enttäuscht. »Ich bin hier derjenige, der das Geld nach Hause bringt. Also mache ich auch die Regeln. Es sind meine Regeln.«

Er wartete darauf, dass Slim reagierte, aber sie schwieg.

»Verstanden? Meine Regeln!«

»Deine Regeln«, gab sie schließlich zu.

Er war erfreut. »Ja. So ist es.«

Slim konzentriere sich darauf, demütig und nachgiebig zu klingen. »Aber … ich meine, was, wenn ich diese Regeln nicht mag?«

»Wenn du sie nicht magst!« Er lächelte, als wäre das das Kindischste, was er je gehört hatte.

Slim nickte ganz vorsichtig.

»Komm schon. Im Leben geht es nicht nur um Dinge, die wir mögen. Wir müssen das Gute und das Schlechte hinnehmen. So ist es im Leben und in einer Ehe. Also ist heute vielleicht für dich ein schlechter Tag. Morgen könnte es schon wieder großartig sein.«

Er wartete offenbar darauf, dass sie etwas sagte. »Morgen wird großartig sein«, wiederholte Slim mit einer Spur von Trotz.

»Richtig. Heute zahlst du eben mal den Preis für ein so gutes Leben.« Mitch war froh, dass sie es nun zu akzeptieren schien. »Also gut. Ich gehe aus, Slim, in Ordnung?«

Sie schwieg.

»Heh, komm schon. Es wird schon wieder besser werden, glaubst du nicht auch?«

Besser? Sie konnte die Absurdität dessen, was er da von sich gab, kaum glauben. Erwartete er tatsächlich, dass sie ihm zustimmte, ihm versicherte, dass sein außerehelicher Sex ihre Ehe irgendwie besser machen würde?

»Ich meine, ich muss nichts mehr verheimlichen und so tun, als ginge ich arbeiten. Ich kann einfach nur sagen, ›Heh, ich gehe mal zu Darcelle. Ich bin in ein paar Stunden wieder da.‹«

Selbstzufrieden und erleichtert, dass jetzt alles klar war, bückte er sich und küsste Slim auf den Kopf. Sie bekam eine Gänsehaut, als er sie berührte. Sie musste sich anstrengen, nicht merklicher zu schaudern.

Er ging einen Schritt auf die Tür zu, dann erinnerte er sich an etwas und ging noch einmal zur Theke, wo ihre Handtasche lag. »Nur für heue Nacht«, erklärte er, während er in der Tasche herumsuchte und ihre Schlüssel und den Führerschein herausnahm. Er steckte beides ein und sagte: »Damit du nichts tust, was dir später Leid tun würde.«

Dann ging er.

Slims schweres Atmen wurde zu einem Schluchzen. Langsam kam sie auf die Beine. Mitch hatte ihr zwar ins Gesicht geschlagen, aber ihr tat der ganze Körper weh. Sie blieb erst einmal auf den Knien hocken, eine Hand an der Theke, und lauschte nach seinem Auto.

Als sie hörte, wie er es anließ, zog sie sich unter

Schmerzen auf die Beine und lehnte sich an die Theke. Sie starrte das Telefon an. Sie schluckte. All ihr Stolz, all ihre Hoffnung waren zu Staub geworden. Ihr Mund war trocken, ihre Kehle wund vom Schreien. Sie versuchte, sich zu beruhigen und klar zu denken.

Endlich begann sie mit zitternden Fingern zu wählen.

Ein lautes Klopfen am Fenster bewirkte, dass sie das Telefon fallen ließ. Erschrocken fuhr sie herum. Mitch starrte sie an. Aber er schien nicht zornig zu sein. Hinter ihm konnte sie sein Mercedes-Cabrio sehen, der Motor im Leerlauf, die Fahrertür offen.

Er bedeutete ihr, das Fenster zu öffnen. Slim tat es. »Wen rufst du da an?«, fragte er ohne Misstrauen oder Verdacht.

»Deine Mutter«, sagte Slim und legte automatisch die Hand an die Wange, auf die er sie geschlagen hatte. Der Wangenknochen und der Rand ihrer Augenhöhle waren sehr schmerzempfindlich geworden.

»Was willst du ihr sagen?«, fragte Mitch. Eigentlich klang er nur auf etwas unbeteiligte Weise neugierig.

Sie senkte den Blick. »Wir hatten vereinbart, dass ich Gracie morgen vorbeibringe. Ich … ich sollte wohl lieber absagen.«

»Gute Idee.« Er tat das alles mit einem Nicken ab. »Liebe ist manchmal Furcht erregend«, sagte er. Er spielte mit einem Rhododendronzweig vor dem Fenster. »Wie mächtig sie sein kann! Und was sie einem antut! Slim, genau darum geht es hier«, erläuterte er.

Sie konnte nur noch denken: *Was erwartet er jetzt von mir? Wie soll ich jetzt reagieren?* Sie zitterte immer noch am ganzen Körper, immer noch erschrocken von seinem plötzlichen Klopfen am Fenster.

»Verstehst du, wenn ich jemals …«, begann Mitch wieder. Es fiel ihm offenbar sehr schwer, es auszusprechen, was immer es sein mochte. »Wenn ich … Slim, ich kann nicht … ich weigere mich, ohne dich zu leben.« Er knickte den blühenden Zweig ab.

Sie glaubte ihm. War es das, was er hören wollte? Nun, es entsprach der Wahrheit. Sie war vollkommen überzeugt, dass er ihr jetzt die Wahrheit sagte. Nicht über Liebe, aber über sich selbst. Darüber, wie das, was er Liebe nannte, bewirken konnte, dass jemand – dass er – die Beherrschung verlor.

Darüber, dass Mitch es unbedingt brauchte, dass Slim ihn für männlich und leidenschaftlich hielt und nicht für feige und grausam.

Und vor allem verstand sie die Drohung. Es ging nicht so sehr darum, dass er sie liebte oder nicht ohne sie leben konnte, sondern darum, dass er wollte, dass sie ihn so liebte – ansonsten …

Aber Mitch war offenbar noch nicht davon überzeugt, dass sie ihn auch wirklich verstanden hatte. Sein Blick wurde wieder kalt. Seine Lippen wurden schmal, als er um Beherrschung rang. Mit ruhiger, eisiger Stimme sagte er: »Ich denke, du hast verstanden, was ich meine.« Einen Augenblick lang sah er ihr direkt in die Augen, als wollte er damit seine Bemerkung unterstreichen. Dann ging er.

Slim sah ihm hinterher, diesem Fremden in der Einfahrt. Als er ins Auto stieg, schloss sie das Fenster.

Mehr als genug

Der Tag war von herzloser Schönheit. Die grüne Landschaft, durch die Slim fuhr, war von buttrigem Sonnenlicht gefleckt, und es gab hier keinen Platz für Kummer; Vögel und Insekten und sogar der warme Wind hatten Besseres zu tun.

Slim berührte ihre Wange. Sie fühlte sich immer noch schlimm an und sah nun noch viel schlimmer aus. Sie hatte es Gracie erklären müssen, und die hatte es der Babysitterin gesagt, sobald die arme Frau an diesem Morgen ins Haus gekommen war – die dumme Mom war hingefallen und hatte sich den Kopf angeschlagen.

Sollte sie diese Ausrede auch gegenüber Mrs. Hiller verwenden? Sie hatte keine Ahnung, wieso sie Mitchs Mutter angerufen und angekündigt hatte, dass sie vorbeikommen würde; sie hatte keinen Plan, was sie sagen oder tun würde. Sie wollte einfach nur fahren, sich bewegen, nachdenken.

Sie erinnerte sich, wie Ginny einmal, als Slim eines Tages im Diner in Trübsal versunken war, gesagt hatte: »Heh, Mädchen, lass das Grübeln. Mit einem gebrochenen Hirn kannst du nicht denken.«

Slim musste bei der Erinnerung lächeln, dann fuhr sie zusammen, als Schmerz von ihrem geprellten Wangenknochen zur Augenhöhle zuckte, die blau geworden war.

Sie war, als sie das Tor erreichte, in Gedanken noch nicht sehr viel weiter gekommen. Nun gab sie den Sicherheitscode ein und fuhr die lang gezogene Auffahrt zum Landsitz der Hillers entlang – Mitchs altes Zuhause mit seinen üppigen, perfekt angelegten Gärten. Slim zupfte ihr Kopftuch nach vorn und bedeckte die Seite ihres Gesichts, so gut sie konnte, dann parkte sie neben den Zwillingsjaguars der Hillers.

Hier hatten sie und Mitch geheiratet. Slims Hand bewegte sich automatisch zum Türgriff, aber dann vergaß sie eine Sekunde später, was sie hier überhaupt wollte, und verharrte wie gelähmt. Sie ließ den Kopf hängen, und heiße Tränen bewirkten, dass sie nur noch verschwommen sah. Sie konnte eher hören als sehen, dass Mrs. Hiller aus dem Haus kam und rief: »Du bist spät dran. Ich habe schon geglaubt, du würdest nicht mehr kommen!« Aber als sie das Auto erreichte und hineinschaute, verschwanden Erleichterung und freudige Aufregung. »Hast du Gracie nicht mitgebracht?«, fragte sie stirnrunzelnd.

Slim konnte nicht sprechen. Sie schüttelte den Kopf.

Mitchs Mutter spürte, dass etwas nicht in Ordnung war, aber sie befürchtete, es würde ihrer Schwiegertochter, die sie inzwischen sehr lieb gewonnen hatte, peinlich sein, wenn sie das aussprach. »Schon gut«, verkündete sie daher also und verbarg ihre Enttäuschung hinter einem großzügigen, freundlichen Lächeln. Sie öffnete die Autotür und streckte die Hand aus. »Dann essen wir beiden Frauen eben ganz allein zu Mittag«, schlug sie vor und tätschelte Slims Hand, »und klatschen ein bisschen. Komm, meine Liebe, ich habe dir viel zu …«

Slim nahm Mrs. Hillers Hand, stieg aus dem Auto und wandte sich ihr ohne nachzudenken zu. Das Kopftuch verrutschte.

Aller Klatsch, den Mitchs Mutter gerade noch im Sinn gehabt hatte, welkte ihr nun auf den Lippen. »O Gott«, murmelte sie und drückte sich die Hand auf den Mund.

In ihrem Gesicht stand rasches, schreckliches Begreifen. Diese willensstarke Frau wusste gleich, dass ihr Sohn für den bösen blauen Fleck auf Slims Wange verantwortlich war. Sofort breitete sie die Arme aus, und Slim nahm die Umarmung dankbar entgegen.

»O Kleines, es tut mir so Leid«, sagte sie leise und wiegte Slim sanft. »Was hast du getan?«, flüsterte sie besorgt. In ihrer Stimme lag keine Schuldzuweisung, nur Mitgefühl. »Was hast du zu ihm gesagt?«

Sie wusste es. Mitchs Mutter wusste, was geschehen war. Jemand hatte ihren Sohn verärgert, und das Ergebnis war Slims zerschlagenes Gesicht. »Komm rein. Wir unterhalten uns und trinken Tee, und dann rufen wir einen Arzt. Er ist ein Freund der Familie, ein sehr diskreter Mann.«

»Ich brauche keinen Arzt.« Slim ging neben Mrs. Hiller zum Haus. »Ich … ich weiß nicht, was ich brauche. Oder was das Beste für uns wäre, für Gracie –«

»Geht es ihr gut?« Ihre Schwiegermutter erstarrte. Die Hand auf Slims Arm packte fester zu. »Er hat … er hat ihr doch nicht wehgetan? Er würde doch nie –«

Slim hörte die Panik in ihrer Stimme, die Angst vor Mitchs Unberechenbarkeit und den schrecklichen Dingen, zu denen er vielleicht fähig war.

Vom Landsitz der Hillers fuhr Slim direkt zum Red Car. Sie parkte auf ihrem alten Parkplatz, lief die Hintertreppe hinauf und spähte durch die Küchentür. Das Mittagsgeschäft war beinahe zu Ende. Ginny war begeistert, ihre alte Freundin zu sehen, aber bei einem zweiten Blick auf Slims Gesicht packte sie sie nur und zog sie in eine Ecknische.

»Was zum Teufel ...«, sagte sie. »Niemand fällt auf sein Auge. Wer war das? Mitch, nicht wahr?«

Slim nickte kaum merklich. Warum schämte sie sich so? Es war doch nicht ihre Schuld gewesen! Sie versuchte, ihre geschwollene Wange zu verbergen, aber schon die Berührung ihrer eigenen Hand ließ die Schmerzen bis in die Backenzähne zucken.

Sie hatte sich den ganzen Tag lang wieder und wieder gefragt, ob sie vielleicht zu eifersüchtig oder zu fordernd, zu besitzergreifend gewesen war. Hätte sie sich anders, besser verhalten können?

Und wie hätte das aussehen sollen? Hätte sie etwa sagen sollen: *Aber selbstverständlich, ich verstehe, Mitch. Du bist ein großer Mann mit großem Appetit ... nach Sex und nach etwas, was du verprügeln kannst.*

Sie fragte sich, ob ihr verschwundener Vater, Jupiter, der zum Börsenspekulanten mutierte Ex-Hippie, ihre Mutter je geschlagen hatte. Slim konnte sich an nichts Derartiges erinnern – aber sie war auch erst zwei gewesen, als Jupiter abgehauen war.

»Dieser Dreckskerl«, hörte sie Ginny sagen. »Erinnerst du dich, wie er mit dem Kerl umgegangen ist, der dich aufreißen wollte – mit diesem Widerling mit der Rose? Ich weiß noch, wie ich damals gedacht habe, der Mann ist gut, aber ich möchte lieber nicht erleben, dass er je sauer auf mich wird. Ich erinnere mich auch, dass ich gedacht habe«, fügte sie hinzu und wischte ein wenig verstreuten Zucker vom Tisch, »dass er vielleicht ein bisschen zu gut war, um wahr zu sein.«

»War das bevor oder nachdem du mir geraten hast, ihm hinterherzurennen?« Slim zwang sich zu einem Lächeln.

Das nahm Ginny sofort den Wind aus den Segeln. »O Slim. O Gott, es tut mir so Leid! Was für ein Schwein. Na ja, als ob ich geeignet wäre, dir Ratschläge über Männer zu –«

»Ich hab nur Spaß gemacht«, sagte Slim rasch. »Ehrlich, Ginny. Mach dir keine Gedanken.«

Die Kellnerin hielt einen Augenblick lang inne.

»Sie sind wie Landminen«, sagte sie dann nachdenklich. »Ein paar löst man gleich in der ersten Woche aus, bei manchen dauert es Jahre. Das Problem ist, man will einen richtigen Mann«, sagte sie, »was bedeutet, dass viel Testosteron durch seine Adern fließt – und das ist gut so. Aber so einer kann sich manchmal auch ganz plötzlich umdrehen und dir den Schädel einschlagen.«

Slim nickte. Sie war froh, wieder im Red Car und bei Ginny zu sein. Einen Augenblick lang fühlte es sich an wie in den alten Zeiten. Das Nachmittagslicht fiel herein, und Phil und Teddy waren in der Küche, wo laute Musik aus der Boombox erklang.

»Das Problem ist«, sagte sie zu Ginny, »dass ich diese Frau einfach nicht bin, weißt du, eine Frau, die einen Mann heiratet, der … der sie schlägt.«

»Nein, sicher nicht. Ich verstehe. Selbstverständlich nicht.«

»Was soll ich also tun?« Slim drehte die Hände um und starrte die Handflächen an und nicht mehr den Diamanten, den Mitch ihr geschenkt hatte.

»Ich habe es aufgegeben, Ratschläge zu erteilen«, antwortete Ginny. »Und mir fällt auch nichts Schlaues ein. Ich finde, du solltest zur Polizei gehen.«

»Zur Polizei?« Slim stand auf und schlug frustriert mit den Händen auf den Tisch. »Ich weiß nicht. Die Polizei? Er ist der Vater meines Kindes. Ich kann ihn doch nicht ins Gefängnis werfen lassen!«, protestierte sie. Sie riss verzweifelt die Arme hoch.

Ginny verzog das Gesicht. »Na gut. Dann weiß ich es auch nicht.«

Slim warf einen sehnsüchtigen Blick aus dem Fenster. Sie hatte Kopfschmerzen.

»Sieh mal«, seufzte Ginny. »Entweder, du sitzt es aus, wie in so einem blöden Country-and-Western-Song, oder … oder du nimmst das Kind und haust ab.«

Slim sah Ginny fragend an.

»Ja«, sagte Ginny. »Nimm Gracie und hau ab.«

Niemals, dachte Slim, als sie zu Gracies Kindergarten fuhr. Sie würde nie den Mumm haben, einfach zu verschwinden. Und es wäre doch sicherlich auch unfair, oder? Mitch hatte Gracie immerhin nichts getan. Trotz der Schrecken erregenden Frage seiner Mutter war Slim überzeugt, dass Mitch seine Tochter liebte. Und Gracie war verrückt nach ihm.

Das hatte sie Ginny nicht erklärt, weil Ginny von Trennung oder Scheidung sprach – etwas »Normalem«. Sie hatte Mitchs Gesicht nicht gesehen, als er gesagt hatte: *Ich weigere mich, ohne dich zu leben, Slim. Ich denke, du hast verstanden, was ich meine.*

Slim parkte vor dem Kindergarten und sah zu, wie eine Gruppe kreischender Vierjähriger zum Bürgersteig rannte. Gracie war nicht dabei. Die Mädchen kletterten in das Auto vor Slims Wagen, und Slim fuhr in der Abholschlange ein Stück weiter vor. Sie hoffte, dass ihre dunkle Sonnenbrille das blaue Auge verbergen würde.

Sheila, die Leiterein des Kindergartens, winkte ihr zu, dann kam sie zum Auto. »Ihr Mann hat sie schon abgeholt«, rief sie.

»Wie bitte?«, fragte Slim in der Hoffnung, etwas falsch verstanden zu haben.

»Gracie war total begeistert«, sagte Sheila. »Ich habe ihm gesagt, so etwas sollte er öfter tun.« Slim nickte und versuchte, einen lässigen Eindruck zu machen, als sie weiterfuhr, ein erstarrtes Lächeln auf den Lippen. Sie bemerkte, dass ihre Hände angefangen hatten zu zittern. Sie packte das Lenkrad fester. Bis sie die Einfahrt erreicht hatte, waren ihre Knöchel weiß und ihre Finger taten weh.

Mitchs Auto war nicht da.

Sie eilte ins Haus, wo es beunruhigend still war. Sie rannte von einem Zimmer zum anderen. Sie wusste, dass sie weg waren, und befürchtete, sie wären für immer verschwunden. Aber es sah alles aus wie zuvor. Gracies Schränke waren unberührt. Kein Gepäckstück fehlte. Sie sah sich in der Küche nach einem Brief um. Es gab keinen. Sie hatte auch nicht wirklich angenommen, dass das der Fall sein würde.

Sie holte ihr Handy heraus und drückte die erste

Nummer. Mitchs Nummer. Nach einem Klingeln schaltete sie ab, genau, wie Darcelle es getan hatte, als sie sich mit Mitch in Verbindung setzen wollte. Und genau wie es Darcelle damals getan hatte, drückte sie sofort auf Wahlwiederholung.

Es funktionierte. Es drehte ihr den Magen um, wie gut es funktionierte. Mitch ging sofort an den Apparat und gurrte mit einer verlockenden, verspielten Stimme: »Wie geht es meinem kleinen Croissant?«

»Falsche Bäckerei, Mitch. Hier spricht dein Brotlaib«, sagte sie. »Wo bist du?«

»Slim. Oh. Hallo«, antwortete er fröhlich. »Wie geht's?«

»Ist Gracie bei dir? Wo bist du?«

»Im Zoo«, sagte Mitch.

Slim versuchte, gleichzeitig ihre Panik und ihre Wut zu verheimlichen. Sie räusperte sich, dann fragte sie: »Warum hast du mir nicht gesagt, dass du Gracie abholen wolltest?«

»Ich habe dich zu Hause angerufen, Slim. Ich habe Nachrichten hinterlassen –« Sie warf einen Blick zum Anrufbeantworter. Das rote Licht leuchtete. Jemand hatte angerufen.

Slim hörte ein lautes Quieken. Gracie. »Daddy, Daddy, mit wem sprichst du da?«

»Mit deiner Mutter«, sagte Mitch.

»Heh, Mom«, rief Gracie. »Die Elefanten pinkeln gerade!«

»Sie ist ein bisschen überdreht!« Mitch lachte leise.

»Mitch«, sagte Slim vorsichtig, »wann kommt ihr nach Hause?«

»Vermisst du mich?«, fragte er neckisch. »Was gibt's

denn zum Abendessen? Ach, egal. Wir lassen einfach etwas kommen. Du musst müde sein. Du hattest einen sehr anstrengenden Tag, nicht wahr?«

In seiner Stimme lag etwas, das noch jenseits von Sarkasmus war, etwas vage Drohendes. Er legte auf, und sie war noch unruhiger, verstörter, verwirrter.

Slim kochte das Abendessen, wie sie es geplant hatte: Hähnchen, einen grünen Salat und Spaghetti für Gracie, die ein Pasta-Fan geworden war, genau wie Slim in ihrem Alter.

Unter vergnügtem Schlürfen, das überall um ihren Mund und auf den Wangen Tomatensoßenflecke hinterließ, erzählte Gracie Slim vom Zoo. Mitch half ihr dabei und erinnerte sie an die Dinge, die sie ausgelassen hatte. Wenn jemand zugehört oder die Szene beobachtet hätte, hätte er die drei für eine ganz gewöhnliche Familie gehalten.

Slim tupfte ihrer Tochter das soßenfleckige Gesicht mit einer Serviette ab. Gracie kicherte. »Du siehst furchtbar aus«, sagte Slim. »Lauf und spiel jetzt noch ein bisschen, mein Schatz.«

Und dann, als Gracie sich in die Zimmerecke zurückgezogen hatte und sich dort zufrieden mit ihren Spielsachen beschäftigte, begann Mitch mit dem Gespräch.

»Slim, du hast mich heute nervös gemacht.«

Sein Tonfall hatte sich verändert. Slim erkannte das sofort. Sie fragte sich, ob es auch Gracie aufgefallen war.

»Es macht mich nervös, wenn ich dich nicht erreichen kann«, sagte er gereizt. Die Anwesenheit ihrer

Tochter schien ihn nicht zu stören. Er hatte die »Guter Vater«-Rolle wieder abgelegt.

Slim zuckte die Achseln.

»Ich dachte, du hättest meiner Mutter abgesagt«, sagte Mitch.

Ihre Gedanken überschlugen sich verzweifelt, aber sie behielt den Kopf gesenkt und starrte ihren Teller an. Nun wurde ihr schon beim Anblick des Essens schlecht.

»Und dann musstest du dich bei der alten Bande in dieser Imbissbude ausheulen«, höhnte er. »Gibt es eigentlich noch so etwas wie Privatsphäre?«

Slim riss den Kopf hoch. Woher wusste er, wo sie den ganzen Tag gewesen war? Was war hier los?

»Ich nehme an, die ist gestorben«, erwiderte sie und schluckte. Sie versuchte, so ruhig und freundlich zu bleiben, wie sie konnte. »Zusammen mit Ritterlichkeit und Treue.«

Mitch starrte sie erbost an. Als sie seinem Blick nicht auswich, lächelte er, als hätte er nur einen Witz gemacht. Er beugte sich über den Tisch zu ihr und sagte sehr leise: »Sag mal – hast du auch nur die geringste Ahnung, wie schlimm das alles werden kann?«

Slim zitterte. Sie umklammerte die Serviette auf ihrem Schoß, damit ihre Hände nicht zu heftig bebten. »Nein, aber du wirst es mir sicher gleich sagen.«

Das tat er, aber er wurde rot dabei, denn er hatte es eigentlich nicht näher beschreiben wollen. »Also gut. Ich bin ein entschlossener Mann, Slim. Ich wollte dich haben, und ich habe dich bekommen. Dieses Haus … die Firma … ich bin ein Mann, der bekommt, was er will, und das werde ich auch bleiben.« Er hob zornig die Stimme. »Und ich will dich immer noch. Das kannst du entweder akzeptieren, oder du kämpfst dagegen an. Wie lautet deine Entscheidung?«

Sie holte tief Luft. »Ich möchte glücklich sein«, flüsterte sie. Er war nicht sicher, ob er begriffen, hatte, was sie meinte, aber offenbar entschloss er sich, sie in seinem Sinn zu verstehen.

»Gut«, sagte er knapp.

Slim senkte den Blick und bemerkte erschrocken, dass Gracie Mitch mit offenen Mund anstarrte, die Stirn verwirrt gerunzelt.

Slim warf Mitch einen Blick zu, um zu sehen, ob er Gracies Miene bemerkt hatte. Soweit sie sagen konnte, war das nicht der Fall. Soweit sie sagen konnte, hatte er vollkommen vergessen, dass sie da war.

Wie lange würde es dauern, bis Gracie bemerkte, was hier geschah, und bevor Mitch vergaß, dass sie im Zimmer war, wenn er Slim wieder schlug?

Sie konnte nicht schlafen. Sie konnte einfach nicht abschalten. Mitchs eigene Mutter hatte befürchtet, dass er Gracie verletzen könnte. Sie hörte Ginny sagen: *Nimm Gracie und verschwinde*. Woher hatte Mitch gewusst, dass sie im Diner und bei seiner Mutter gewesen war? Folgte er ihr, ließ er sie verfolgen? Sie erinnerte sich an diese eisige Angst, die sie verspürt hatte, als Sheila ihr sagte, dass Mitch Gracie abgeholt hatte …

Am nächsten Morgen schlug Mitch vor, er könnte Gracie zum Kindergarten fahren.

»Das spart dir die Arbeit«, meinte er mit einem höhnischen Grinsen, warf ihren Autoschlüssel in die Luft und fing ihn wieder auf.

»Ach«, sagte Slim, »das ist doch keine Arbeit.«

Er schloss die Faust um den Schlüssel. »Dann werden wir eben Benzin sparen, nicht wahr, Gracie? Soll Daddy dich zum Kindergarten fahren?«

Gracie warf einen unsicheren Blick vom Vater zur Mutter. Slim zerriss es beinahe das Herz, sie so zu sehen. Ihre Tochter wusste vielleicht nicht, was Mitch vorhatte, aber Slim wusste es. Er nahm Gracie als Geisel und sorgte damit dafür, dass Slim ihn nicht verließ und dass sie zu Hause sein würde, wann immer er zurückkam. Sie konnte jederzeit ein Auto besorgen, ein Taxi rufen, jemanden finden, der sie mitnahm. Aber er wusste, dass sie ohne Gracie nirgendwo hingehen würde.

Slim kniete neben seiner Tochter nieder. »Wäre das nicht nett?«, sagte sie und versuchte, es dem verdutzten Kind leichter zu machen. »Wenn Daddy dich am Kindergarten absetzt?«

Gracie nickte eindeutig erleichtert. »Bis später, mein Schatz«, versprach Slim.

Sie sah zu, wie Mitch die Einfahrt verließ, mit Gracie auf dem Beifahrersitz. Sie hätte auf dem Rücksitz sitzen sollen. Slim dachte daran, ihnen das zuzurufen. Aber selbst wenn sie Mitch noch einholen würde, würde das nur eine weitere Szene, einen weiteren möglichen Streit bedeuten. Es konnte durchaus sein, dass Mitch etwas dagegen hatte, wenn sie ihm sagte, was er tun sollte, und dass er dann ausstieg und sie in Anwesenheit von Gracie schlug.

Slim ging unruhig von einem Zimmer ins nächste.

Sie nahm nichts wahr, sie musste sich einfach nur bewegen, musste die Zeit totschlagen, die schrecklichen Bilder aus dem Hirn tilgen, die ihre Fantasie ihr vorspielte. Was, wenn Mitch Gracie gar nicht zum Kindergarten brachte, sondern zu einem Versteck, irgendwohin, wo Slim sie niemals finden würde? Was, wenn er sie das Kind nur sehen ließe, wenn sie sich auf seine Vorstellungen von Ehe einließ, wenn sie sich so verhielt, wie er es wollte …

Und dann war da die schrecklichste Möglichkeit – dass er ihre Tochter entführte und sie Gracie niemals wieder sehen würde.

Slim verbrachte die nächsten unendlich langen zwanzig Minuten, indem sie immer wieder auf die Armbanduhr und auf jede Uhr in jedem Zimmer schaute und wartete. So lange würden sie brauchen, bis sie den Kindergarten erreicht hatten – wenn Mitch Gracie wirklich dorthin brachte. Endlich rief sie Sheila, die Leiterin des Kindergartens, an.

»Hi, Sheila, hier spricht Slim – Gracies Mutter. Ich möchte nur wissen … hat mein Mann Gracie schon abgesetzt?«

»Gracie?«, erklang Sheilas stets vergnügte Stimme. »Sehen wir mal … ja, da drüben ist sie ja … was für eine hübsche Mütze du hast, Gracie!«

Ja, Gracie war in Sicherheit und führte stolz die neue Mütze vor, die ihr Daddy ihr im Zoo gekauft hatte. Was für einen wunderbaren Vater sie doch hatte!

Slim legte auf. Sie atmete viel zu schnell. Würde ihr Leben von nun an immer so sein? Würde sie Angst haben, wann immer sich Gracie nicht in ihrem Blickfeld befand oder Mitch nahe genug war, um zuschlagen zu können? Mit zitternden Händen griff sie nach dem Hörer. Mitch hatte vielleicht die Autoschlüssel genommen, aber sie würde nicht zu Hause sitzen bleiben.

»Ich brauche ein Taxi zum Polizeirevier.«

Slim ging zum Schreibtisch des Diensthabenden. Sie trug eine dunkle Sonnenbrille.

»Was kann ich für Sie tun?«, fragte der untersetzte Polizist, spähte auf sie herab und betrachtete abschätzend die verfärbten Flecken auf ihrer Wange, dem Hals und den Armen.

Slim musste sich anstrengen, nicht vor lauter Verlegenheit wieder nach draußen zu rennen. »Ich … ich habe eine Freundin, deren Mann sie schlägt«, sagte sie. »Sie hat versucht, vor ihm zu fliehen. Er hat all ihre Kreditkarten und ihr Bankkonto gesperrt.«

»Nun«, sagte der Polizist geduldig, »dann sollte sie zu uns kommen und ihn anzeigen. Wenn sie Spuren von körperlicher Misshandlung vorweisen kann …« Er versuchte, nicht ihre blauen Flecken anzustarren. »Dann werden wir ihn verhaften.«

»Aber er hat Geld, er … er würde wieder freikommen, nicht wahr?«, fragte Slim nervös.

»Das stimmt«, sagte der Sergeant.

»Und dann ist er frei, oder? Bis er vor Gericht kommt.«

»*Falls* er vor Gericht kommt«, verbesserte er sie. »Es ist Sache der Staatsanwaltschaft, ob die Sache verfolgt wird oder nicht.«

»Und wenn er Freunde bei der Polizei hat«, spann Slim den Gedanken weiter, »Freunde bei der Staatsanwaltschaft …« Sie zeichnete dem Sergeant das ganze

Bild: »Sie kommt also her, lässt ihn verhaften, verärgert ihn damit, und Sie behaupten, es besteht keine Garantie, dass er nicht sofort wieder frei sein wird, um sie weiter zu verprügeln.«

»Ihre Freundin kann eine einstweilige Verfügung gegen ihn beantragen«, sagte er.

Ja, davon hatte Slim schon gehört. Über die Frauen, die sie beantragten und vielleicht sogar erhielten, und die Männer die – gewaltsam – gegen sie verstießen. Es gab keine Talkshow, keine Zeitung, die nicht darüber berichtet hatte, und zwar nicht nur über die Nutzlosigkeit solcher Verfügungen, sondern auch darüber, wie sie einige Männer nur noch wütender machten. Solche Anordnungen wirkten auf diese Schläger wie ein rotes Tuch.

»Wir reden hier also von einem Stück Papier«, stellte sie fest, »einem kleinen Stück Papier, auf dem steht, dass er sich ihr nicht nähern darf.«

»Stimmt«, gab der Polizist unbehaglich zu und rutschte hin und her.

»Was für einen Schutz bietet so etwas denn? Was macht sie, wenn er doch vorbeikommt – wirft sie das Papier nach ihm?«

»Sie ruft uns an«, sagte er. Slim holte tief Luft und versuchte, sich zu beruhigen und über ihre Möglichkeiten nachzudenken. »Gilt diese Verfügung auch für das Kind?«

»Es ist ein Kind in die Sache verwickelt?«, fragte der Polizist, als wollte er sagen: *Nun, das ist natürlich eine andere Geschichte.* »Nein, nein, nein. Wenn es ein Kind gibt, dann ist das eine Sache des Familiengerichts. Aber ... so lange die Mutter nicht beweisen kann, dass der Vater eine Gefahr für das Kind darstellt, kann sie ihm nicht den Zugang ver–«

Mehr brauchte Slim nicht zu wissen. Mitch hatte Geld. Er hatte Beziehungen. Er hatte Anwälte. Sie hatte nichts davon. So würde es nicht gehen – auf keinen Fall. Sie drehte sich abrupt um und eilte hinaus.

»Miss, warten Sie …«, rief der Polizist ihr hinterher.

Slim schaute auf die Uhr. Im Red Car war jetzt gerade der Frühstücksandrang beendet, und Ginny würde anfangen, die Tische fürs Mittagessen vorzubereiten. Sie holte tief Luft und rief im Diner an.

Im Schutz der Nacht

Als Mitch nicht rechtzeitig vorbeikam, rief der Kindergarten Slim an und organisierte, dass eine der Mütter, die in der Nähe wohnte, Gracie zu Hause absetzte. Es war ein friedlicher Abend; Spaghetti und Eis ohne Mitch. Dann brachte Slim Gracie nach oben, damit sie ein ganz neues Spiel namens »Meine Lieblingssachen« spielen konnten. Sie suchten überall in Gracies Zimmer nach den Spielsachen und den Kleidungsstücken, die Gracie am liebsten mochte, und dann schlossen sie alles aus, was nicht in eine Sporttasche und einen Rucksack passte.

Mitch war immer noch nicht zu Hause, als sie fertig waren. »Und jetzt bin ich dran«, sagte Slim. Und sie schauten Slims Sachen durch und füllten eine kleine Einkaufstasche mit den Dingen, die sie ihre »Ohne-das-kann-ich-nicht-leben-Sachen« nannte.

Am Ende schlief Gracie fest, und Slim tat so als ob, als Mitch nach Hause kam. Er setzte sich auf seine Bettkante und versuchte nicht einmal leise zu sein, als er sich auszog. Er schlüpfte unter die Decke. Er war nackt und roch nach Parfüm und Alkohol und Sex.

Slim öffnete die Augen nicht, bis Mitchs Atem gleichmäßiger wurde und sie die Anfänge eines Schnarchens hörte. Dann schaute sie auf die Uhr. Viertel nach zwei. Einen Augenblick später hörte sie draußen eine Taube gurren.

Slim schlüpfte aus dem Bett und ging leise ins Bad. Im Schlafzimmer würde es sich so anhören, als ob sie urinierte. Aber das tat sie nicht. Sie hatte eine Flasche so aufgestellt, dass daraus Wasser in die Toilette lief, und zog sich derweil schnell und lautlos an.

Sie spähte aus dem Bad, um sich zu überzeugen, dass Mitch immer noch schlief, und schloss die Schlafzimmertür halb. Sie eilte den Flur entlang. Gracie schlief so fest, dass ihr Arm schlaff wieder heruntersackte, als Slim ihn hochhob. Gracie atmete tief. Ihre im Schlaf halb geöffneten Lippen, ihre weiche Haut, das alles machte Slim so intensiv deutlich, wie sehr sie ihre Tochter liebte, dass sie alle Angst beiseite schieben konnte.

Sie wusste, dass sie das Richtige tat. Unter Gracies Bett holte sie die Handtasche hervor, die sie dort versteckt hatte, und die Taschen und den Rucksack, die sie vorher gemeinsam gepackt hatten.

Kurz bevor sie Gracie hochhob, zögerte Slim einen Augenblick und lauschte. Sie hörte nichts außer dem Rauschen des Adrenalins in ihrem eigenen Körper.

Mit ihrem Kind auf den Armen und Gracies geliebtem Teddy, den die Kleine nicht hatte einpacken wollen, weil sie ohne ihn nicht schlafen konnte, dem Rucksack und den beiden Taschen über ihren Schultern schlich sich Slim aus dem Zimmer ihrer Tochter.

Leise und unter verängstigten Blicken über die Schulter huschte sie durch das dunkle Haus. Sie starrte die angelehnte Schlafzimmertür an. Der Klang ihrer eigenen Schritte, das alltägliche Knarren der Dielen, selbst das Geräusch, das ihre Jeans beim Gehen verursachten, kamen ihr gefährlich laut vor. Bei beinahe jedem Schritt warf sie einen Blick zurück, spähte in die Schatten und sah niemanden. Endlich erreichte sie die

Haustür. Slim hielt inne, Gracie warm und fest in ihren Armen, die Nerven zum Zerreißen gespannt, all ihre Sinne angestrengt, um jede Spur von Gefahr wahrzunehmen. Das ist es, dachte sie, als sie wieder zu den Zimmern zurückblickte, die in Dunkelheit gehüllt waren. Hier waren ihr Esszimmer, ihr beigefarbener Teppichboden, ihr Lieblingsbild an der Wand, ihr Hochzeitsporzellan, ihr Leben mit Mitch. Sie nahm das alles ein letztes Mal in sich auf und schluchzte. Es war vorbei.

Lebwohl, Daheim. Zum letzten Mal schaute sie über die Schulter.

Es war nichts und niemand in der Dunkelheit hinter ihr, und vor ihr, hinter der Tür, nur das seltsame, tröstliche Gurren der Taube. Schließlich verlagerte sie noch einmal ungeschickt das Gewicht, um Gracie besser packen zu können, und griff nach dem Türknauf.

»Und was glaubst du, was du hier machst?«, brüllte er. Seine Stimme durchdrang die Stille wie ein Messer.

Aus dem Dunkeln schoss Mitchs Hand hervor und packte Slims Handgelenk wie eine Eisenfessel. Er riss sie von der Tür weg. Mit der anderen Hand packte er sie an der Kehle und erstickte ihren Wutschrei. Gracie war weg, aus Slims Armen gerissen.

Mitch zog Slim an den Haaren auf die Knie herunter und trat verächtlich nach ihr, während er die immer noch schlafende Gracie weiter fest hielt, unter den Arm geklemmt, als wäre sie eine riesige aufgerollte Bauzeichnung. Slim spürte seinen Fuß an ihren Rippen, die Hand immer noch in ihrem Haar, wie er sie trat und rückwärts zerrte.

Draußen im Schatten eines Baums warteten die Retter. Phils Lieferwagen stand an der Straße, aber so, dass er vom Haus aus nicht zu sehen war. Ginny, noch im gleichen T-Shirt, das sie zur Arbeit getragen hatte, schlang in der kühlen Nachtluft die Arme um sich. »Vielleicht hat sie das Zeichen nicht gehört«, flüsterte Teddy.

»Sie hat es gehört«, sagte Ginny überzeugt. »Sie kommt sicher gleich.«

Phil starrte die dicke Haustür an, als könnte er mit reiner Willenskraft durch sie hindurchsehen. »Nein. Teddy hat Recht. Vielleicht schläft sie noch –«

»Sie schläft nicht, okay?«, schnitt Ginny ihm das Wort ab. Es konnte nichts schief gehen. Es war zu gefährlich. *Es wird alles gut gehen*, hatte sie sich den ganzen Morgen über immer wieder gesagt, nachdem Slim angerufen hatte und sie diesen verrückten Plan ausgeheckt hatten. »Sie wird jeden Augenblick herauskommen«, erklärte Ginny.

Phil nickte. Er hoffte, dass sie Recht hatte und er den Baseballschläger nicht benutzen musste, mit dem er immer wieder gegen sein Bein tippte. Schließlich war er kein Bandenmitglied. Sollte er durch diese Tür stürmen und – und dann *was* tun? Jemanden umbringen? Er war ein Geschäftsmann und kein Mel Gibson. Aber für Slim würde er es tun. Für Slim und ihre wunderschöne kleine Tochter würde er sich in Mel Gibson verwandeln.

Teddy wurde langsam nervös. Er schaute immer wieder zu Ginny, die weiterhin den Kopf schüttelte: *Nein, noch nicht*. Er warf Phil einen Blick zu, der die Achseln zuckte. »Ich weiß es nicht«, murmelte Phil dem Küchenhelfer zu. »Kann ich Gedanken lesen?«

Ginny schauderte und schlang die Arme fester um sich, dann warf sie einen Blick auf die Uhr. Schließlich sagte sie zu Teddy: »Mach es noch mal.«

Teddy hob die Hände an den Mund und gurrte wie eine Taube.

»Kann sie das denn überhaupt hören?«, fragte Phil. »Die Türen, die Fenster, das Haus ist so groß. Wie ein Schloss.«

»Wie ein Gefängnis«, sagte Ginny. »Komm schon, Slim. Komm schon, Mädchen.«

Sie warteten.

Phils Handfläche am Schläger begann zu schwitzen. Er nahm ihn in die andere Hand, wischte die verschwitzte an seiner alten Arbeitshose ab und sagte: »Wir sollten reingehen, glaube ich. Und zwar jetzt.«

»Es wäre Wahnsinn, ihn zu wecken«, erklärte Ginny. »Slim weiß, was sie tun muss. Wenn etwas nicht stimmt, wird sie das Licht kurz einschalten … oder?«

Teddy schaute skeptisch drein.

»Ich weiß nicht«, sagte Phil

»Lasst das gefälligst«, drängte Ginny. »Ihr macht mich verrückt.« Na gut, es waren nicht Phil und Teddy. Es war die verfluchte Nacht, es war so dunkel und still in diesem überteuren Wohnviertel. Nicht wie da, wo sie und die Kinder wohnten. Drei Leute, die sich unter einen Baum duckten, einer von ihnen mit einem Baseballschläger oder einem Messer oder was auch immer, wären in ihrem Teil der Stadt nichts Ungewöhnliches gewesen. Aber nicht hier. Es war zu verdammt still.

Dann hörte sie etwas. Ginny berührte Phils Arm. Er zuckte zusammen. »Hört doch«, sagte sie.

»Ja«, sagte Phil. »Ich habe etwas gehört. Nicht jetzt. Vor einer Sekunde. Aber ich weiß nicht, was es war.«

Teddy trat vor wie ein witternder Jagdhund. Dann schüttelte er den Kopf.

In diesem Augenblick zerriss ein Schrei die Stille, ein schrecklicher, schriller Schrei, gefolgt von noch viel entsetzlicherem Schweigen. »Lieber Gott«, murmelte Ginny zitternd. »O Gott, nein. Slim. O bitte, Gott, nein!«

Phil und Teddy liefen bereits auf das Haus zu. Ginny rannte ihnen vom Adrenalin beflügelt hinterher. Je näher sie kamen, desto lauter hörten sie das Krachen und Stöhnen im Haus. Jemand wurde geschlagen. Ginny blieb stehen, erstarrte ein paar Fuß vor der Tür.

Phil schlug ein Fenster ein. Mit Teddys Hilfe kletterte er hindurch. Teddy winkte Ginny zu, weil er ihr ebenfalls hereinhelfen wollte. Das Geräusch zerbrechenden Glases hatte sie aus ihrer Lähmung gerissen. Sie holte tief Luft und eilte auf ihn zu.

Als sie drinnen waren, senkte sich die Decke aus Stille wieder über sie. Die einzigen Geräusche waren die, die sie selbst verursachten, wenn sie gegen die Möbelstücke stießen, als sie vorsichtig versuchten, auf das Wohnzimmer zuzuschleichen, von wo die letzten schrecklichen Geräusche erklungen waren.

Phil führte sie an.

»Ein Schritt weiter, und du bist tot.« Das war Mitchs Stimme, kalt und sehr überzeugend. Er kam aus dem Schatten heraus. Licht, das durch das Fenster hereinfiel, schimmerte auf seiner Pistole.

Ginny konnte mit einiger Mühe erkennen, dass die schlafende Gracie hinter Mitch auf dem Sofa lag. Und dann bemerkte sie mit bebendem Entsetzen den zusammengesackten Körper zu seinen Füßen.

Beinahe wäre ihr übel geworden, aber dann rannte sie ohne nachzudenken zu der zusammengebrochenen Gestalt am Boden. Mitch richtete die Waffe direkt auf ihr Gesicht.

»Hast du mich nicht verstanden?«, zischte er durch zusammengebissene Zähne. »Ihr seid in mein Haus eingebrochen. Es wäre Notwehr.«

Ginny kniete sich nieder und fühlte Slims Puls. »Sie lebt«, sagte sie zu Phil.

»Es ist dunkel«, erklärte Mitch wütend und fuchtelte dabei immer noch mit der Waffe herum. »Ich kann nicht gut sehen. Ich kann euch einfach erschießen, und niemand wird mich dafür verurteilen.«

»Wir sind zu dritt«, erwiderte Phil, dessen Stimme vor Angst und kaum noch beherrschbarer Wut zitterte. »Wenn Sie uns alle umbringen, landen Sie auf dem elektrischen Stuhl.«

»Das ist mir scheißegal«, antwortete Mitch, der seinerseits immer wütender wurde. »Raus aus einem Haus. Fass sie nicht an«, befahl er Ginny, die Slim über den Kopf streichelte und ihr verzweifelt zuflüsterte, sie sollte aufwachen, sie sollte etwas sagen.

BAMM.

Ein Schuss, gedämpft von einem Schalldämpfer, riss ein Stück Verputz von der Wand oberhalb von Ginnys Kopf. Alle blickten auf, sahen Mitch an.

Dann stöhnte Slim, und das ließ ihre Freunde aus ihrer Erstarrung erwachen.

»Wir gehen gerne, Sir«, erklärte Phil in seinem etwas steifen Englisch, »aber nur zusammen mit Miss Slim und Gracie.«

Ginny versuchte, Slim aufzuhelfen. Es gelang ihr, auf die Knie zu kommen, als Mitch das Licht einschaltete.

»Und täuschen Sie sich nicht«, fuhr Phil fort und blinzelte wegen der plötzlichen Helligkeit. »Wir werden zur Polizei gehen, die Sie mit Freuden verhaften wird.«

Mitch verzog den Mund zu einem höhnischen Grinsen, als er den Baseballschläger in den Händen des Dinerbesitzers sah. Er ging auf Phil zu und hielt die Pistole dabei ganz lässig, bis er nur noch eine Armeslänge entfernt war. Dann beugte er sich vor, drückte die Pistole an Phils Kopf und flüsterte: »Ich sage das ja ungern vor den anderen, aber du bist bloß ein Kanake, wenn du weißt, was ich meine. Niemand wird dir glauben. Wenn du zu den Bullen gehst, wird mein Wort gegen deins stehen. Sie werden Drogen in Slims Schreibtisch oder in ihrem Auto finden.

Darauf könnt ihr euch verlassen«, fügte er selbstsicher hinzu. »Ich werde schon Ende der Woche das Sorgerecht für Gracie haben.«

Phil nahm ihm das einfach nicht ab. »Und wenn wir sie mitnehmen, werden Sie uns alle vier erschießen?«

Mitch grinste. »Genau.«

»Dann werden wir eben jung sterben.« Phil drängte sich einfach an ihm vorbei und nahm Gracie auf den Arm. Er begann, leise auf das Kind einzureden und es zu wecken. Gracie sah sich verschlafen um.

Rasch versteckte Mitch die Pistole vor ihr und sagte liebevoll: »Heh, Kleines, alles in Ordnung? Du siehst müde aus …«

»Du bist müde, nicht wahr, mein großes Mädchen?«, sagte Phil, als er sie an Mitch vorbei zur Tür trug. Ginny und Teddy hatten Slim hochgezogen. Sie sammelten noch Gracies Teddy und Slims Handtasche ein und folgten Phil.

Als die drei an ihm vorbeikamen, beugte Mitch sich vor. »Wir sehen uns«, flüsterte er Slim zu.

Sie verließen das Haus und gingen zum Lieferwagen, wobei sie jederzeit eine Kugel oder andere plötzliche Gewalttätigkeit von Mitch erwarteten, aber es geschah nichts.

So sanft wie möglich legten sie Slim in den Wagen. Ginny nahm Gracie aus Phils Armen und setzte sich mit dem verschlafenen Kind nach vorn, neben Teddy, der den Wagen fuhr. Im Laderaum sah sich Phil Slims Verletzungen an. Wohin er auch drückte, Slim verzog das Gesicht. Als er ihre Seite berührte, schrie sie leise auf. »Wahrscheinlich ist eine Rippe gebrochen«, sagte er.

»Wenigstens ist es diesmal nicht mein Gesicht«, versuchte Slim zu scherzen. Dann entdeckte sie Gracie und versuchte, sich aufrecht hinzusetzen.

»Wo fahren wir hin?«, fragte Ginny.

»Krankenhaus«, sagte Phil.

»Es geht mir gut.«

Phil schüttelte den Kopf. »Es geht dir überhaupt nicht gut –«

Slim drückte seine Hand. »Phil, ich will nicht, dass Gracie mit in die Notaufnahme kommt«, flüsterte sie.

»Sie muss an einen sicheren Ort gebracht werden, wo sie sich eine Weile ausruhen kann.«

»Mein Haus«, bot Ginny an.

»Er weiß, wo du wohnst«, erinnerte Slim sie.

Phil schnaubte. »Er weiß, wo wir alle wohnen.«

TEIL ZWEI
JAGD

Lauf doch

Der verschlafene Hoteldiener, der für das Parken der Gästewagen zuständig war, warf einen zweifelnden Blick auf Phils Lieferwagen, als er die Einfahrt des vornehmen Biltmore-Hotels heraufkam. Er riss die Augen auf, als die Seitentür aufglitt und eine schöne junge Frau ausstieg und dabei vor Schmerzen das Gesicht verzog. Ihr Haar und ihre Kleidung waren reichlich durcheinander.

Der makellose ältere Herr am Empfang war ebenso verblüfft und misstrauisch, als er Slim sah, die auf seinen Tisch zuhinkte, begleitet von ihrer bunt zusammengewürfelten Bande. Er warf unwillkürlich – und, wie er hoffte, unauffällig – einen Blick auf den Inhalt ihrer Brieftasche, die sie aus der Handtasche geholt hatte.

Slim klappte die Kreditkarten aus. »Ein Zimmer bitte.«

Der Empfangschef wandte sich von der Brieftasche und Slims wenig Vertrauen erweckender Begleitung ab und lächelte mit geübter Geduld. »Selbstverständlich.« Nach einem kurzen Blick in seinen Computer fügte er hinzu: »Wird ein Bett genügen?«

Slim nickte. »Es ist nur für mich und meine Tochter.« Sie reichte ihm eine Platinkarte.

Es war unmöglich, nicht die blauen Flecken an ihrem Handgelenk und an ihrer Kehle zu bemerken. Aber der Empfangschef war viel zu gut ausgebildet, um einen Kommentar dazu abzugeben. Er reagierte auch nicht auf das, was er dann auf dem Bildschirm sah. Er reichte ihr einfach die Karte zurück und sagte diskret: »Es tut mir Leid. Offensichtlich wird diese Karte nicht akzeptiert. Möchten Sie eine andere versuchen?«

Slim starrte die Karte an, schüttelte angewidert den Kopf und holte eine Hand voll Fünfziger aus der Brieftasche.

Nachdem sie und Gracie am nächsten Morgen gefrühstückt hatten, ging Slim zu einem Geldautomaten. Sie spürte schon, was geschehen würde, bevor der Automat zu piepen begann und die Worte »Karte ungültig« auf dem Display erschienen. Frustriert und mit Tränen des Zorns in den Augen schlug sie auf die Maschine ein. Der Geldautomat riegelte sich prompt ab, und die Karte kam nicht wieder heraus.

Sie nahm ein Taxi zur Bank. Von einem nervösen Kassierer, der ihr geschwollenes Gesicht und die Blutergüsse anstarrte, erfuhr sie, dass ihr Konto gesperrt war. Sie hatte nur noch das Bargeld in ihrer Brieftasche, das ganz bestimmt nicht für eine weitere Nacht im Biltmore reichen würde.

Bis zum Nachmittag hatte sie ein billiges Motel in Los Angeles gefunden, wo sie eine Weile bleiben konnten. Es war ein zweistöckiges, rechteckiges Gebäude mit einem Innenhof aus Beton. Slim schob die ausgebleichten geblümten Vorhänge zurück und schaute aus ihrem Fenster im ersten Stock. Hinter ihr lief der Fernseher, und Gracie verkündete begeistert: »Ich mag Motels!«

Slim ließ den Vorhang wieder zurückfallen und wandte sich ihrer Tochter zu. »Tatsächlich?«, fragte sie und warf einen zweifelnden Blick auf die Styroporbehälter und die anderen Überreste ihrer Mahlzeit aus dem El Pollo Loco, die auf dem Tisch neben der Tür standen.

»Und Hotels mag ich auch«, rief Gracie und ließ sich wieder aufs Bett fallen. »Mommy, willst du ein bisschen hopsen?« Sie kam auf der weichen Matratze stolpernd auf die Beine und fing an, auf den billigen Federn auf und ab zu hüpfen.

»Vorsicht, Toots«, warnte Slim, als ihre Tochter das quietschende Bett als Trampolin benutzte.

Das Telefon klingelte. Slim nahm den Hörer ab und behielt dabei Gracie im Auge. Bei dem Lärm, den der Fernseher verursachte, und Gracies Entzückensschreien war Ginnys Stimme nur ein schwaches, blechernes Krächzen. »Hallo«, sagte sie.

»Hallo«, erwiderte Slim, dann sagte sie zu Gracie: »Nicht so hoch, klar?« Mit einem müden Lachen wandte sie sich wieder Ginny zu. »Ich habe mit Gracie gesprochen. Wir werden noch ein bisschen fernsehen, und dann geht's in die Falle.«

»Mom! Sieh doch mal!«, rief Gracie.

»Was ist mit, du weißt schon? Worüber wir gesprochen haben?«, fragte Ginny.

Mit einem Blick zu Gracie sagte Slim: »Nein, Gin. Keine Frauenhäuser. Bisher ist Gracie von dieser Sache noch nicht … besudelt worden, und ich möchte, dass es so bleibt.«

»Mommy!« Ihre Tochter streckte die Arme aus und fuchtelte mit den Fingern. Sie versuchte, die Decke zu erreichen, und kam ihr tatsächlich mit jedem Sprung näher.

»Ginny, können wir morgen darüber sprechen?«, fragte Slim.

»Klar. Kleinigkeit«, erwidert Ginny liebevoll.

»Vorspeise«, seufzte Slim. »Gute Nacht, Gin.«

Gracie hatte sich wieder auf die Seite fallen lassen. »Heh. Was ist besudelt?«, fragte sie, als das Telefon wieder klingelte.

Gereizt über den Lärm schaltete Slim den Fernseher ab und griff nach dem Telefon. »Ich habe doch gesagt morgen, okay, Gin?«, sagte sie.

»Das ist aber nicht gerade das Biltmore, wie?«, fragte Mitch.

Slim umklammerte den Hörer mit beiden Händen. Ihre Handflächen begannen zu schwitzen. Schon der Klang seiner Stimme, glatt und sardonisch, genügte, um sie fast die Beherrschung verlieren zu lassen. Sofort begann sie, ihre Sachen zusammenzusuchen und sie in die Taschen zu stecken.

»Wir leben im Zeitalter der Information, Schatz«, beantwortete er ihre unausgesprochene Frage. »Du hinterlässt überall Spuren. Besonders, wenn deine beste Freundin dein Zimmer mit ihrer Kreditkarte mietet.«

»Nun, ich kann kein Bargeld bekommen«, erwiderte Slim in einem Versuch, Zeit zu schinden. Sie packte Gracies Schuhe, zwang sie der Kleinen an die Füße. »Es sieht aus, als hätte jemand meine Konten gesperrt.«

»Wir müssen reden«, sagte Mitch.

»Nein, das müssen wir nicht«, erwiderte sie.

»Slim, hör zu. Wenn wir das auf die harte Tour lösen, dann weißt du, wer leiden wird.«

Sie antwortete nicht, sondern schob sich die Tasche auf die Schulter.

»Du willst doch nicht, dass Gracie von etwas so Unerquicklichem berührt wird, oder?«

Slim hörte zu. Mit größer werdenden Augen sah sie sich um, schaute wieder aus dem Fenster. Etwas an diesem Gespräch stimmte nicht. Ihr war unheimlich zu Mute.

»Besudelt, nicht wahr?«, fragte er. Slim spürte, wie ihre Knie weich wurden. »Das ist es doch, was besudelt bedeutet, oder?«

Slim legte das Telefon auf. Sie sah sich rasch um. Ihr Blick fiel auf die Tür zum Nebenzimmer, zum Türknauf, der sich nun drehte. Sie hörte Metall klirren, ein Schlüssel wurde ins Schloss geschoben.

BAMM. Jemand versuchte, die Tür aufzutreten.

Gracie hatte von all dem nichts bemerkt und wieder zu hopsen begonnen. »Gracie! Wir müssen gehen!« Slim griff nach ihrer Handtasche und den anderen Taschen, packte Gracie mitten im Sprung und riss die Schiebetür zur Terrasse auf. BAMM. Sie konnte hören, wie das Schloss nachgab, wie die Tür aus dem Rahmen brach.

Sie liefen über die schmale Terrasse im ersten Stock auf die Treppe zur Lobby zu. »Was machen wir denn?«, wollte Gracie wissen.

»Das Motel war nicht gut«, sagte Slim atemlos. »Wir müssen umziehen.«

Hinter ihnen ging die Schiebetür auf, und Slim konnte die Schritte eines Verfolgers hören. Mitchs Schritte? Oder waren es die eines anderen, hatte er jemanden dafür bezahlt, sie zu finden und d–

»Warum denn?«, fragte Gracie.

»Warum was?«

»Warum war das Hotel nicht gut?«

»Ich …« Slim spähte über die Schulter. Es war Mitch selbst, der sie verfolgte. Er hatte die Tür offen gelassen, die Tür zu dem Zimmer neben dem ihren. Wie lange war er schon dort gewesen, hatte sie belauscht, hatte alles gewusst, was sie taten?

»*Mom!* Komm schon, Mom. Warum müssen wir weg?«

»Ich weiß es nicht«, improvisierte Slim. »Ich … ich hab eine Schlange gesehen.«

Gracie kreischte so laut sie konnte. Sie kreischte immer noch, kreischte und kicherte und hüpfte in Slims Armen auf und ab, als sie durch die Lobby auf die Straße hinausrannten.

Atemlos warf Slim einen Blick zurück. Mitch rannte auf die Lobbytür zu. Slim sah sich auf der nächtlichen Straße um. Direkt vor ihnen stiegen Leute aus einem Bus. Sie eilte darauf zu, taumelnd unter dem Gewicht ihrer Tochter und des Gepäcks. »Warten Sie!«, rief sie. »Anhalten!«

Sie drängte sich durch die aussteigenden Passagiere und erreichte die Türen gerade, als die sich schlossen. Sie streckte den Arm hinein und wurde festgeklemmt.

»Passen Sie doch auf!«, rief der Fahrer zornig. Aber etwas an dem Kind und der wilden Angst, die sich auf der Miene der Frau abzeichnete, bewirkte, dass er sich wieder beruhigte und die Tür öffnete. Sie kletterten die Stufen hinauf und setzten sich, und der Fahrer gestattete noch ein paar Fahrgästen einzusteigen.

»Los! Fahren Sie doch endlich!«, schrie Slim den

Fahrer an und beobachtete entsetzt, wie die anderen in ihren Taschen nach Kleingeld suchten. Sie konnte sehen, wie Mitch auf den Bus zurannte und den Hals reckte, um hineinspähen zu können.

Schnell rutsche Slim nach unten, die Arme um Gracie geschlungen, und drückte den überhitzten kleinen Körper ihrer Tochter an sich. Draußen in der Nacht, beleuchtet vom Licht, das aus dem Bus fiel, sah sie Mitch, der auf die Bustür zurannte. Entsetzt schloss sie die Augen und spürte, wie sie nach hinten gerissen wurde, als der Bus sich mit einem Zischen in Bewegung setzte.

Mitch hatte es nicht geschafft.

Slim seufzte erleichtert. Sie strich über Gracies verschwitztes Haar und küsste die feuchten Wangen des Kindes. Dann schaute sie zitternd und müde nach draußen und begriff, dass sie keine Ahnung hatte, wohin der Bus und sie und Gracie unterwegs waren.

Aber das zählte nicht. Hauptsache weg.

Aus weiter Ferne befahl Ginny: »Denk nach.« Slim hatte sie von einer gottverlassenen Tankstelle am Ende der Buslinie aus angerufen. »Du musst doch irgendjemanden kennen, der nicht in L.A. wohnt! Jemand, bei dem du eine Weile bleiben kannst.«

»Ja, ich werde nachdenken, das verspreche ich dir«, sagte Slim, als Phils Lieferwagen auf die Tankstelle zufuhr. »Aber erst müssen Gracie und ich mal schlafen.«

»Mir ist jemand eingefallen«, sagte Slim am nächsten Morgen in der Küche von Phils Tante. Ginny saß ihr gegenüber an einem eleganten, mit Blattgold verzierten

Tisch. Sie versuchten, den starken syrischen Kaffee zu trinken, den Phils Cousine ihnen gekocht hatte.

Ginny verzog das Gesicht über den süßen, sirupartigen Geschmack. »Wo?«

»Seattle«, antwortete Slim und sah Ginny an, weil sie wissen wollte, ob sie sich erinnerte.

»Hervorragend!« Sie wusste genau, von wem Slim sprach. »Genial!«

»Aber es wird nicht funktionieren. Es ist zu gefährlich«, sagte Slim.

»Für wen?«, wollte Ginny wissen. »Entschuldige, hast du einen besseren Plan?«

Nein, den hatte Slim nicht. Und ja, die Idee wäre perfekt gewesen, wenn Mitch nicht so aufbrausend und vollkommen besessen gewesen wäre. Wohin sie auch gehen würde, wer immer sie aufnahm, würde ebenfalls von Mitch bedroht werden.

»Das kann ich von niemandem verlangen«, sagte Slim.

»Was, wenn wir ihm die Wahrheit sagen und ihn selbst entscheiden lassen?«, schlug Ginny vor.

»Ich weiß nicht«, meinte Slim zögernd. »Ich muss darüber nachdenken.«

Während Slim Gracie anzog, ging Ginny nach draußen und rief mit ihrem Handy in Seattle an. Sie erinnerte Slims Freund Joe daran, wer sie war und wo sie sich kennen gelernt hatten, und dann fragte sie, ob es in Ordnung wäre, wenn Slim und ihre Tochter eine Weile in Seattle blieben.

Teddy fuhr sie zum Flughafen. Während er mit dem Wagen kreiste, ging Phil mit Slim und Gracie nach drinnen. Und als die Frau am Schalter Slim fragte, wie sie für den Flug zahlen wollte – vierhundertneun Dollar für Hin- und Rückflug –, drückte Phil Slim rasch einen Stapel Zwanzigernoten in die Hand.

Sie versuchte mühsam, sich die Tränen zu verbeißen, als sie das Geld auf den Tisch legte. Es verletzte ihren Stolz, das Geld zu nehmen. Es tat ihr weh, diese Menschen verlassen zu müssen. Auch Phils Augen waren feucht. Er umarmte Slim abrupt und schob ihr ein paar Zeitschriften zu, die er von zu Hause mitgebracht hatte. Dann räusperte er sich, reichte Gracie eine Packung Kaugummi, damit ihre Ohren beim Starten nicht wehtun würden, und schärfte ihr ein, gut auf ihre Mama aufzupassen. Schließlich eilte er schnell nach draußen, nachdem er etwas darüber gemurmelt hatte, dass Teddy wahrscheinlich schon einen Strafzettel erhalten hatte, weil er im Halteverbot stand.

Nicht weinen

Joe war begeistert, die beiden zu sehen. »O Gott, Slim«, sagte er. »Ich wusste immer, dass du wieder zu mir zurückkommen würdest, aber nicht so!« Er lachte, hob Gracie hoch und wirbelte sie herum. »Ich lasse dich nur fünf Jahre allein, und schau nur, was passiert!«

»Was denn?«, wollte Gracie wissen.

»Du«, sagte Joe.

Gracie kicherte. »Du bist albern«, stellte sie fest.

Slim lächelte. Es schien lange her zu sein, dass sie das zum letzten Mal getan hatte. Tränen traten ihr in die Augen.

»Was ist denn?« Joe nahm ihren Arm und führte sie, immer noch mit Gracie auf dem anderen Arm, aus dem Flughafengebäude.

»Nichts«, lachte Slim. »Und das macht mir Angst.«

»Gewöhn dich lieber dran«, sagte er.

Auf dem Weg zu Joes Auto erzählte sie ihm alles. Die Schläge, Darcelle, wie Mitch auf Ginny geschossen hatte, als sie gekommen war, um sie zu retten, wie er sie verfolgte und dass er immer zu wissen schien, wo sie waren.

»Dann werden wir eben vorsichtig sein«, versprach Joe und warf ihr mageres Gepäck in den Kofferraum.

Er wohnte in einem schönen Haus mit vier Wohnungen und einer Garage im Tiefparterre. »Ich frage mich, ob er alle überprüft, die ich je gekannt habe.« Slim sah sich nervös um, als Joe die schräge Einfahrt hinabfuhr.

»Vorsicht, Kopf runter!«, rief er.

Slim warf sich über Gracie, zog sie vom Autofenster weg, und ihr Körper dämpfte Gracies Kreischen.

»Taubendreck!«, fuhr Joe fort und lachte. »Sie machen einem direkt auf den Kopf, wenn man nicht aufpasst.«

Zitternd vor Wut setzte sich Slim wieder hin und versetzte ihm einen Schlag gegen den Arm.

»Ich habe doch gesagt, dass wir vorsichtig sein werden«, erklärte er.

»Du hast gelogen«, beschwerte sich Gracie. »Hier sind gar keine Tauben.«

»Aber was, wenn welche da gewesen wären?«, fragte Joe. »Was, wenn ich nicht aufgepasst hätte, und eine riesengroße Taube hätte direkt vor der Garage gewartet … nur darauf, dass das kleine Mädchen mit dem hübschesten Haar in ganz Seattle vorbeikommt? Du musst mir glauben, Gracie, wenn ich sage ›duck dich‹, dann solltest du das lieber tun.«

Gracie warf ihrer Mutter einen Bestätigung heischenden Blick zu. Slim nickte und verstand nun. Es tat ihr Leid, dass sie ihn geboxt hatte. »Uns wird nichts passieren, Toots. Nicht, so lange Joe da ist.«

Am Sonntagnachmittag fuhren sie mit Joe in den nächstgelegenen Park. Gracie sprang auf die Schaukel und wollte von Joe angeschubst werden. Er tat das und feuerte sie mit seinen Zurufen so an, dass sie die Füße in die Luft stieß und versuchte, noch höher zu schaukeln.

Gracie kreischte und kicherte. Und zwischen dem Schubsen und den ermutigenden Zurufen fuhren Joe und Slim mit dem Gespräch fort, das sie schon seit zwei Tagen führten. »Es gibt nur eine Möglichkeit … ihn umbringen«, riet Joe leise. Dann rief er: »Huiiiii!« und schubste vorsichtig Gracies Schaukel. »Ich meine es beinahe ernst.« Er warf Slim einen Blick zu und fuhr fort: »Er hat dich verprügelt, hat es mehrmals getan und dich am Ende bewusstlos geschlagen. Dafür hast du Zeugen. Wenn er es ein drittes Mal versuchen sollte – und hoch mit dir!«, rief er Gracie zu. »Und du ihn dabei zufällig erschießt, ich meine –«

»Joe, du redest hier von mir«, erinnerte ihn Slim. »Ich … ich mache so etwas nicht.«

»Ich sage ja auch nicht, dass du in der Gegend rumrennen und Leute erschießen sollst wie eine Berufskillerin – halt dich fest, Gracie! Ich sage nur, dass du das Recht hast, dich zu verteidigen. Das ist alles.«

Slim starrte ihn an und schüttelte den Kopf. »Weißt du was? Machen wir eine Pause. Wie, wenn wir einfach nur … so tun, als wären wir normal? Nur diesen Nachmittag?«

»Normal? Was ist das?«, fragte Joe scherzend. »Normal ist eine Einstellung auf dem Wäschetrockner.«

Auf dem Rückweg zu Joes Haus betrachteten Slim und Gracie die Skyline von Seattle, die im Sonnenlicht schimmerte. Müde, aber strahlend flüsterte Gracie: »Wow. Sieh mal, Mom! Diese Stadt glitzert wirklich.«

»Weißt du, wie man sie nennt?«, fragte Joe. »Die Smaragdstadt.«

Gracie keuchte beeindruckt und betrachtete das glitzernde Panorama forschend. »Ist das die Stadt, wo Dorothy wohnt?«

»Nein, Toots.« Slim wandte sich ihrer Tochter zu. Gracie saß auf dem Rücksitz, die schmutzigen Hände gegen das Fenster gedrückt, und der Wind zauste ihr lockiges Haar. »Dorothy geht nur in ihrem Traum in die Smaragdstadt.«

»Oh.« Gracie verdaute die Information. »Und wo ist sie, wenn sie wieder aufwacht?«

»Wieder zu Hause in Kansas«, erklärte Slim.

»Achtung!«, rief Joe. »Vorsicht! Duckt euch!«

»Schnell!« Slim spielte mit. »Achtung! Taubendreck!«

Als Joes Wagen sich dem Haus näherte, duckten Slim und Gracie sich, so dass sie nicht von außen zu sehen waren. »Leise«, sagte Slim und drückte ihrer kreischenden Tochter die Hand auf den Mund. »Wenn diese Tauben hören, dass du über sie lachst, o je, dann werden wir Ärger kriegen.«

»Wehe!«, intonierte Joe Unheil verkündend, und als er um die Ecke und in die Garage im Keller fuhr, sah es aus, als wäre er ganz allein im Wagen.

Das kann nicht so weitergehen, dachte Slim, als sie zusah, wie Joe die Teller vom Abendessen spülte. Sie hatte Gracie gebadet, sie in eines von Joes alten Flanellhemden gesteckt und kämmte ihrer Tochter nun das Haar.

»Bleifrei oder verbleit?«, fragte Joe und wischte sich die Hände am Geschirrtuch ab.

»Ohne Koffein bitte«, sagte Slim. »Joe, ich kann dir gar nicht sagen, was mir diese vergangenen Tage bedeutet haben … was sie *uns* bedeutet haben. Es ist wunderbar, das Gefühl zu haben, dass man willkommen ist.«

»Ja, das ist typisch für mich«, sagte er grinsend. »Seattles bester Gastgeber.« Er fing an, Kaffee zu kochen.

Über die Schulter hinweg fragte er ganz lässig: »Slim? Wieso bist du … ich meine, wieso bist du hierher gekommen, zu mir?«

Eine gute Frage. Sie betrachtete ihn, oder zumindest seinen Rücken, und sah, wie sich sein dunkelbraunes Haar über den Kragen seines Jeanshemdes lockte. Sie wusste, wie es sich anfühlen würde, mit den Fingern durch dieses Haar zu fahren, erinnerte sich an Struktur und Duft. Und an die Wärme seines schlaksigen Halses und der schlanken Schultern.

Er wartete auf ihre Antwort. »Ich … ich habe versucht, mich zu erinnern, wann ich mich zum letzten Mal sicher gefühlt habe, und dann sah ich dein Gesicht. Und außerdem«, sie lachte nervös, »brauchte ich natürlich jemanden, an den M-I-T-C-H nicht sofort denken würde.«

Er wandte sich ihr zu. »Und jemanden, der dumm genug wäre, sich auf so etwas einzulassen.«

»Das auch«, gab Slim zu. »Das war eigentlich der Hauptgrund.«

»So habe ich mir das auch vorgestellt«, sagte Joe. »Na gut, mag hier irgendwer Eis mit heißem Karamell?«

Gracie johlte.

Es klingelte an der Tür. Slim und Joe erstarrten und sahen einander an. Slim fuhr mit der Hand über Gracies Mund. »Heh, Mom.« Gracie war entsetzt. »Warum –«

Slim legte den Finger auf den Mund. »Leise, Toots.« Sie nahm Gracies Hand, und sie huschten davon, während Joe die Stereoanlage einschaltete und hoffte, dass die Musik Gracies Johlen erklären wurde.

Durch das Guckloch sah Joe einen Fremden, einen hoch gewachsenen, ernst dreinschauenden Mann, der, soweit er durch die Linse erkennen konnte, einen dunklen Anzug trug. Der Kerl sah aber nicht wie ein Zeuge Jehovas aus. »Ja?«, fragte Joe und drehte sich um, um sich zu überzeugen, dass Slim und Gracie nirgendwo in Sicht waren.

»FBI«, erklärte der Mann und hielt einen Ausweis hoch, den Joe durch das Guckloch nicht sehen konnte. »Können wir reden?«

»Sicher«, sagte Joe. »Reden Sie.«

Der Mann warf einen Blick über die Schulter ins Dunkel, und in diesem Augenblick bemerkte Joe, dass das Licht draußen nicht funktionierte. Der FBI-Mann drehte sich wieder zum Guckloch und sagte beinahe gelangweilt: »Würden Sie bitte aufmachen? Wir ermitteln in Zusammenhang mit einer Entführung. Wir möchten uns gerne umsehen.«

»Haben Sie einen Durchsuchungsbefehl?«, versuchte Joe Zeit zu schinden.

Mit einem müden Seufzer hielt der Mann das Papier vors Guckloch.

Joe drehte sich wieder um und spähte hinter sich in die Wohnung, wo es inzwischen kein Anzeichen mehr für die Anwesenheit einer anderen Person außer ihm gab: Selbst der Esstisch war abgeräumt, und die Teller waren verschwunden. »Na gut«, sagte er und öffnete die Tür.

Sofort drängten sich der große, kräftige Mann und zwei andere an ihm vorbei. »Kann ich jetzt den Durchsuchungsbefehl noch einmal richtig sehen?«, sagte er gereizt, als die Männer ausschwärmten und ihn dabei vollkommen ignorierten. Einer der drei, der eine Brille mit schwarzem Metallrand trug und sein Haar zum Pferdeschwanz gebunden hatte, war hektisch und unruhig, seine Bewegungen nervöser und eckiger als die der anderen. »Wen suchen Sie überhaupt?«, versuchte Joe es noch einmal. Der nervöse FBI-Mann warf ihm einen verächtlichen Blick zu.

Joe ging an ihm vorbei, so dass er die anderen Agenten sehen konnte. Der Große war in die Küche gegangen und warf gerade einen Blick in die Speisekammer, schob Gegenstände aus dem Weg, klopfte an Wände. Suchte er nach einem Geheimgang? Joe war beinahe erleichtert, weil das so dumm wirkte. Dennoch, es fühlte sich an, als klopfte sein Herz laut genug, um die Musik aus der Anlage zu übertönen – die abrupt aufhörte, als der hektische Agent sie umstieß.

»Heh!« Joe rannte zurück ins Wohnzimmer.

»Oh-oh«, sagte der Mann sarkastisch.

Die Schlafzimmertür stand offen, und der dritte FBI-Mann bückte sich und suchte unter dem Bett. Dann stand er auf, öffnete die Tür des Wandschranks und fing an, Kleidungsstücke beiseite zu reißen. Erschrocken schaute Joe auf den Boden, wo er erwartete, zwei Paar Füße zu sehen. Gracies Bär steckte auf dem oberen Regal hinter Joes Pullovern.

»Mister, wenn Sie jetzt nicht sofort verschwinden«, rief er dem Mann im Wandschrank zu, »dann rufe ich die Polizei.« Es war das Erste, was ihm eingefallen war, und vielleicht nicht besonders intelligent.

Der nervöse Typ im Wohnzimmer schien derselben Ansicht zu sein. »O je,«, sagte er spöttisch, »das macht mir jetzt aber wirklich Angst.«

Die Kellnerin Slim *(Jennifer Lopez)* träumt von einem besseren Leben.

Slims Traummann Mitch *(Billy Campbell)* hat eine dunkle Seite ...

... von der Slim nichts ahnt, als sie ihn überglücklich heiratet.

Robbie Hero *(Noah Wyle)*

Slim und Gracie (Tessa Allen)

Aus der eingeschüchterten Slim ...

... wird eine entschlossene Frau, die sich wehren kann.

„Genug!“

Joe drängte sich an dem Mann vorbei und griff nach dem Telefon. Der Mann riss es ihm aus der Hand und knallte den Hörer wieder hin. »Ich bin mit einer Polizistin verheiratet, okay? Ich brauche diesen Mist jetzt wirklich nicht.«

Das klang plausibel. Aber die so genannte »Ermittlung« kam Joe immer seltsamer vor. Sie hatten ihm keine einzige Frage gestellt, und nun war der Große in die Garage gegangen, um Joes Auto zu überprüfen. Was, wenn Slim und Gracie dorthin geflohen waren? Versteckten sie sich in seinem Auto oder darunter?

Der Mann aus dem Schlafzimmer kam mit leeren Händen wieder heraus und ging zur Küche. Joe folgte seinem Blick, als er anfing, sich umzusehen. Und dann sah er es – die Tür eines der Schränke war nur angelehnt. Der Mann aus dem Schlafzimmer schaute daran vorbei, aber Joes Blick blieb vielleicht eine Sekunde länger dort hängen. Lang genug, um zu wissen, dass die beiden dort drin waren.

Nun riss der Mann Türen und Schubladen auf und arbeitete sich methodisch auf den größeren Schrank zu. Der dritte, der Unruhige, war ganz in Joes Nähe und beobachtete ihn übellaunig, wartete darauf, dass er eine falsche Bewegung machte, dass er etwas sagte.

Es war gleich. Der Mann in der Küche war Jim und Gracie zu nahe gekommen.

»Das reicht jetzt«, rief Joe energisch. »Haben Sie mich verstanden? Es ist Zeit zu gehen. Sofort!«

Der Nervöse, der Joe bewachte, lächelte, als hätte er genau auf eine solche Reaktion gehofft.

»Sie sind nicht vom FBI. Ich weiß, wer Sie sind, okay? Ich weiß, wer Sie bezahlt –«

»Ach ja?« Plötzlich hatte der Mann ein Messer in der Hand. Er hielt es Joe an die Kehle. »Weißt du, wie es sich anfühlt, wenn dir die Halsschlagader aufgeschlitzt wird?«

»Nein«, sagte Joe, der versuchte, sich nicht zu bewegen. Hatte er Gracie keuchen gehört? Hatten die falschen FBI-Leute es gehört?

»Weißt du, wie es ist, wenn man in weniger als zwei Minuten ausblutet?«, fragte der Mann mit dem Messer, dem das sichtlich Spaß machte.

»Nein, das weiß ich wirklich nicht«, antwortete Joe. Seine Gedanken überschlugen sich dermaßen, dass er überhaupt keine Ahnung hatte, was er tun sollte. Er wusste, er sollte eigentlich hoffen zu überleben, statt sich zu wünschen, dass seine Ermordung außer Sichtweite des Schranks stattfinden würde, wo Gracie es sehen könnte, wo Slim vielleicht gerade beschloss, sich zu ergeben.

»John Boy hat ein neues Messer«, lachte der Mann in der Küche und hörte auf zu suchen.

»Ich will ihn nur ein kleines bisschen –«

»Bist du sicher, dass du ein Schwerverbrechen draus machen willst?«, fragte sein Partner und kam ins Wohnzimmer.

»Ist mir doch egal«, versicherte ihm der Nervöse.

Joes Blick schoss zur Tür, wo er glaubte, eine Bewegung gesehen zu haben. Mehr als das Messer an seiner Kehle ließ dieser Anblick – Slims Finger an der Schranktür – sein Blut beinahe gefrieren. Tu es nicht, befahl er ihr lautlos. Um Gottes willen …

»John Boy!« Der große Mann, der die Garage überprüft hatte, kam hereingestürzt. »Dafür werden wir nicht bezahlt«, warnte er den Mann mit dem Messer. »Kommt schon, sie sind nicht hier. Hauen wir ab.«

Er hatte keine Zeit für einen erleichterten Seufzer. Der mit dem Messer hatte sich nicht von der Stelle gerührt. »Kann ich ihn nicht wenigstens ein –«

»Nein! Nicht heute«, befahl der Große. »Gehen wir.«

Sie gingen zur Tür. »Gute Nacht, John Boy«, rief Joe.

Der Nervöse warf ihm einen Blick zu, grinste wölfisch und zog das Messer über die Couch, deren Eingeweide sofort herausdrängten, dann machte er mit der Wand weiter und hinterließ dort eine böse Narbe im Verputz. Und dann endlich fiel die Tür zu und sie waren weg.

Es war einen Moment lang vollkommen still. Joe starrte den Schrank an. Hatte er sich nur eingebildet, dass sie da drin waren? Hatte er sich Slims Hand an der Tür nur vorgestellt? Er wartete, lauschte, bis draußen ein Auto weggefahren war, dann ging er in die Küche. Die Schranktür ging auf, und Slim und Gracie fielen mehr heraus, als dass sie stiegen.

Gracie weinte. Slim nahm sie in die Arme, holte ein Taschentuch aus der Tasche. »Alles in Ordnung?«, fragte sie Joe.

Er betastete seinen Hals. »Ich denke schon. Ich hätte sowieso eine Rasur gebraucht.«

Slim lächelte nicht. »Ich sollte nicht hier sein –«

»Sicher solltest du«, sagte er ungerührt.

»Ich kann Menschen, die ich liebe, nicht in Gefahr bringen«, erklärte sie entschlossen. Er bemerkte, dass auch sie weinte. Ihre eigenen Tränen ignorierte sie allerdings und betupfte immer wieder Gracies nasse Wangen mit dem zerknüllten Taschentuch.

»Welche Gefahr«?, versuchte er zu witzeln. »Sie haben nur mein Sofa gekillt.«

Das Telefon klingelte, und sie zuckten alle zusammen. Slim strich über Gracies Haar und warf Joe, der das Telefon anstarrte, einen Blick zu. Es klingelte wieder. Joe ging darauf zu. »Nein«, flüsterte Slim. Er begegnete ihrem Blick, dann nahm er den Hörer ab.

Sobald er »Hallo« sagte, verkündete die Stimme am anderen Ende auch schon: »Hier ist Mitch Hiller, Joe.«

»Hallo«, antwortete er. »Wie geht's?« Slim starrte ihn an und wartete. Joe nickte ihr zu, um zu bestätigen, dass es Mitch war. Dann nickte er zu Gracie hin und bedeutete Slim damit, dass sie das Kind ins Schlafzimmer bringen sollte.

»Ich nehme an, Slim hat sich inzwischen bei Ihnen gemeldet«, sagte Mitch mit einer ruhigen, freundlichen Stimme, während Slim Gracie aus dem Zimmer führte.

Joe schaute ihnen hinterher. Dann antwortete er: »Selbstverständlich.«

»Würden Sie ihr etwas ausrichten?«, fragte Mitch freundlich. »Falls sie noch einmal anrufen sollte?«

»Das weiß ich nicht«, sagte Joe, als Slim allein wieder zurückkam. Sie ging direkt zu Joe, der das Telefon so hielt, dass sie mithören konnte. »Ich stehe auf Slims Seite, nicht auf Ihrer.«

»Auf Slims Seite?« Mitch zögerte. Joe konnte Geräusche im Hintergrund hören, eine jubelnde Menschenmenge, die Stimme eines Ansagers. Mitch sah sich entweder ein Baseballspiel im Fernsehen an oder rief aus dem Stadion an. Schließlich sagte er, als hätten Joes Worte ihn gekränkt, aber auch, als wollte er immer noch großzügig sein: »Kommen Sie schon, Joe, Sie sind doch nicht dumm. Sie wollen doch nicht jedes Mal, wenn Sie in Ihr Auto steigen, darüber nachdenken müssen, ob die Radmuttern noch fest sind? Und wie sieht es mit den Fenstern zu Ihrer Wohnung aus? Sind sie immer noch verschlossen? Jemand könnte leicht den Verstand verlieren, wenn er zu viel über solche Dinge nachdenkt.«

»Auf Wiederhören, Mitch«, sagte Joe.

»Sagen Sie ihr, sie soll ihre Freunde anrufen«, fügte Mitch Unheil verkündend hinzu, bevor er auflegte.

Slim erstarrte. »O Gott, Joe. Hat er gesagt, meine Freunde?«, fragte sie entsetzt.

Das Telefon im Diner klingelte und klingelte. Endlich ging Ginny hin und hob ab – mehr, damit das Klingeln aufhörte, als um herauszufinden, wer inmitten dieser Horrorshow anrief. Mit aufgesetzter Freundlichkeit sagte sie: »Ja? Red Car Diner.«

»Heh, ich bin es«, erklärte Slim

»Kannst du dir das vorstellen?«, schrie Ginny, deren Zorn kaum ihre Verzweiflung verbarg. »Das ist einfach unglaublich!« Sie schaute hinüber zum Eingang, wo ein großer, kräftiger Mann in einem Anzug und zwei uniformierte Polizisten Phil in den Weg getreten waren.

»Ich bin Steuerzahler!«, schrie Phil empört. »Letztes Jahr habe ich neunzehntausend Dollar amerikanische Einkommenssteuer gezahlt!«

»Was ist denn los?«, fragte Slim. »Gin, was ist passiert?«

»Die Einwanderungsbehörde ist hier!«, jammerte

Ginny. »Und die Polizei, zwei Polizisten. Sie behaupten, sie können Phils Green Card einziehen –«

»Wie bitte?« Slim war entsetzt.

Bevor sie Ginny raten konnte, die Ausweise der Polizisten zu überprüfen, fügte die verzweifelte Kellnerin hinzu: »Dass er in Mitchs Haus eingebrochen ist, wird als Verbrechen betrachtet. Ich habe die Einwanderungsbehörde angerufen. Sie meinen es ernst. Im schlimmsten Fall können sie ihn abschieben – o Scheiße, jetzt hat er sich mit den Cops angelegt.«

»Nehmen Sie die Hände weg!«, forderte Phil und versetzte dem Polizisten, der ihn am Arm gepackt hatte, einen Stoß.

»Heh, Phil!«, rief Ginny praktisch unter Tränen. »Wenn du dich mit einem Polizisten prügelst, wirst du ganz sicher abgeschoben.«

»Schon gut, schon gut.« Phil sah Ginny an und hob ergeben die Hände. »Ich nehme mich zusammen, okay?«

»Das ist alles Mitchs Werk«, sagte Slim. »Alles seine Idee.«

»Was?«, fragte Ginny abgelenkt.

»Das mit der Anklage gegen Phil ist ein Trick«, versuchte Slim es wieder. »Denk doch nach. Mitch möchte nicht, dass du aussagst, dass er mich verprügelt hat. Er versucht nur, euch so einzuschüchtern, dass ihr mir nicht mehr helfen wollt.«

Man führte Phil nach draußen. »Sagt meinen Kindern nichts«, rief er Ginny zu. »Bitte.«

»O Gott, Phil –«

»Niemals«, flehte er. Sie sah ihn mit großen Augen

an, die von Angst und Mitleid erfüllt waren. »Niemals sollen sie mich so sehen.«

Ginny nickte und versuchte, sich zusammenzureißen, als die Polizei Phil hinausführte.

»Sag ihm, dass es mir Leid tut«, drängte Slim sie.

»Mach dir darüber keine Sorgen«, erwiderte Ginny erschöpft. Und dann fügte sie mit der gewohnten Energie hinzu: »Wir kümmern uns um die Sache, okay?«

»Okay«, erwiderte Slim. »Ginny ... es tut mir so Leid.«

Eine Stunde später beobachtete Gracie in Joes Wohnung ernst, wie ihre Mutter rasch und entschlossen ihre geringe Habe packte.

»Du musst wirklich nicht gehen, Slim«, sagte Joe abermals. »Sie werden heute nicht mehr wiederkommen«

»Nein, nein, darum geht es nicht«, versuchte sie noch einmal zu erklären. »Ich bin gefährlich, Joe. Es ist im Augenblick ein Risiko, mich zu kennen.«

»Slim, komm schon ...« Er hatte ihr bereits erklärt, dass es ihm gleich war, dass es ihm nichts ausmachte, dass er mit der Situation zurechtkam. Jetzt sagte er nur noch: »Na gut. Aber du kannst jederzeit zurückkommen. Morgen, übermorgen ...«

»Morgen – geht das?«, fragte Gracie ernst. Slim zauste ihrer Tochter das Haar und reichte ihr ihren Teddy.

»Danke«, sagte sie mit einem Lächeln zu Joe. Dann zog sie den Reißverschluss der Sporttasche zu, setzte sich den Rucksack auf und griff nach Gracies Hand. »Vielleicht kommen wir eines Tages darauf zurück.«

Er nickte. »Wo wollt ihr denn überhaupt hin, Slim? Was werdet ihr machen?«

Sie sah ihn an, dachte einen Moment nach und berührte dann seine Wange sanft mit der Hand. »Danke, Joe. Für alles.«

»Mom, sag es mir noch mal. Wo sind wir?« Gracie, den Teddy unter dem Arm, ging neben ihrer Mutter her. Sie hatte die Hand ihrer Mutter fest gepackt und starrte staunend das neue Oz an, in das sie gekommen waren.

»In San Francisco, Toots.« Genauer gesagt befanden sie sich in einem renovierten Lagerhausviertel südlich der Market Street. Die alten Ziegelgebäude mit ihren breiten Fenstern und hohen Decken waren zu »charmanten« – sprich modischen und überteuerten – Bürogebäuden umgebaut worden. Aber Gracie interessierte sich vor allem für die hoch aufragende Glaspyramide in der Ferne. »Das ist das TransAmerica-Gebäude« erklärte Slim. »Und das da drüben«, sagte sie und zeigte in die angesprochene Richtung, »ist unser Ziel.«

Auf der Milchglastür im obersten Stockwerk stand VCVC. *Viet Cong Venture Capital*, erinnerte sich Slim aus dem Artikel in einer der Zeitschriften, die Phil ihr für den Flug nach Seattle gegeben hatte. Die Tür selbst stand weit offen. Drinnen in dem geräumigen Raum, der das gesamte Stockwerk einnahm, waren viele attraktive junge Leute in Jeans und mit langen Haaren in Zweier- und Dreiergruppen über Tische gebeugt und arbeiteten an scheinbar hundert unterschiedlichen Projekten. Es gab Miniaturmodelle von Gebäuden, Computerbilder, die auf Großmonitore projiziert waren, Zeichnungen auf Zeichenbrettern, und aus den vielen Lautsprechern eines silbrig glitzernden modularen Systems erklangen Bluesklassiker.

»Hallo.« Eine blonde Frau in einem engen schwarzen T-Shirt, abgetragenen Jeans und Sandalen hatte Slim und Gracie bemerkt. »Was kann ich für Sie tun?«, fragte sie auf diese freundliche blonde Weise.

»Ich möchte meinen Vater sprechen«, sagte Slim.

»Und der wäre?«

»Jupiter Slakowski«, antwortete Slim angespannt. »Ist er hier?«

Das Mädchen sah sie forschend an, lächelte und zeigte auf ein mit Glas abgetrenntes Büro am anderen Ende des Loft. Durch das dicke Glas konnte Slim den Schatten einer schlanken, jugendlichen Gestalt ausmachen. Die Blonde führte Slim hinüber und rief ins Büro hinein: »Heh, Jupe. Hier ist ein Mädel für dich. Behauptet, sie wäre deine Tochter.« Zu Slim sagte sie: »Viel Glück«, dann kehrte sie an ihr Zeichenbrett zurück.

Jupiter streckte den Kopf heraus und betrachtete sie schweigend von Kopf bis Fuß. Er sah besser aus, als sie ihn sich vorgestellt hatte. Nicht sonderlich anders als auf dem einzigen Foto von ihm, das ihre Mutter behalten hatte, obwohl er jetzt Mitte Fünfzig sein musste. Er war groß, selbstsicher, amüsiert, ein skeptischer Mann mit schroffem Gesicht und einer einzelnen weißen Strähne in seinem glänzenden dunkelbraunen Haar. Er sah sie an, dann wanderte sein Blick zu Gracie.

»Sie kann nicht meine Tochter sein«, verkündete er. »Ich hatte lange keinen Sex mehr … jedenfalls nicht in diesem Land.«

»Nicht sie«, erklärte Slim gereizt. »Ich. Ich bin deine Tochter.«

Wieder sah der Mann sie an. Zornig tat Slim das Gleiche mit ihm. Endlich winkte er ihnen zu, ihm in sein Büro zu folgen.

Auf dem Weg zu seinem Schreibtisch, noch mit dem Rücken zu ihr, fragte er beiläufig: »In welchem Jahr bist du geboren?«

»Du bist mein Vater, Jupiter«, sagte Slim, denn sie hatte keine Lust, jetzt noch Vaterschaftsfragen zu klären. »Ich habe dir etwa zwanzig Mal geschrieben, aber selbst als Mom gestorben ist, hast du nicht geantwortet.«

Er drehte sich um. Anscheinend glaubte er ihr immer noch nicht.

»Ich hatte nicht mal genug Geld für ein Begräbnis. Das hat wirklich Spaß gemacht.«

»Heh, sieh mich nicht so an.« Mit einem liebenswerten Lächeln hob Jupiter verteidigend die Hände. »Ich habe sie nicht umgebracht.«

»Richtig«, sagte Slim. »Du hattest Hilfe.«

Er setzte sich hin. Nun hatte er die Stirn gerunzelt. »So etwas Dummes solltest du nicht sagen. Was willst du, Geld?«

Slim seufzte. »Ich möchte, dass Gracie ihren Großvater kennen lernt.«

Ohne jede Wärme nickte er dem Kind zu. »Hi.«

Gracie sah ihn zweifelnd an.

»Und ja«, sagte Slim, »wir brauchen Geld. Um zu überleben.«

Jupiter lachte. »Sieh mal, Schätzchen: Von den Endsechzigern bis in die Siebziger hatte ich fünf Kinder, vielleicht mehr.« Er zeigte hinaus in das Loft mit all der Geschäftigkeit, die dort herrschte. »Jeder da draußen könnte meine Tochter oder mein Sohn sein. Das ist für uns hier zum *running gag* geworden.«

»Ich finde es nicht witzig«, sagte Slim kalt. Sehr zu ihrer eigenen Überraschung zitterte sie nicht vor Nervosität oder vor Zorn, außer wegen seines vollkommenen Desinteresses an Gracie. Aber es ging hier nicht um Sentimentalität. Sie war nicht wegen einer tränenreichen Wiedervereinigung hier. Sie war hier, weil sie Hilfe brauchte, und er war angeblich schlau und hatte Geld, und er war die einzige Person in ihrem Leben, oder am Rand dieses Lebens, die Mitch nicht kannte. Woher auch? Sie hatte ihn ja selbst kaum gekannt. »Möchtest du eines Tages aufwachen und herausfinden, dass deine Tochter tot ist, und du hast nichts unternommen, um ihr zu helfen?«

»Du bist wirklich gut.« Jupiter schüttelte in vorgeblicher Bewunderung den Kopf. »Und das mit dem Kind ist ein netter Zusatz. Aber originell ist es nicht.« Er beugte sich über den Schreibtisch. »Du bist nicht die Erste, die versucht, diese Nummer abzuziehen. Besonders nicht seit dem Artikel in *Fortune*. Also hör zu.« Er griff in die Tasche und holte die Brieftasche heraus. »Ich werde dir das Gleiche geben wie den anderen drei. Sechs Dollar. Genug für ein Sandwich. Ich sag dir was, Schatz. Ich gebe dir sogar zwölf, damit du dem Kind auch eins kaufen kannst.«

Jupiter schob das Geld über den Tisch. Slim starrte es an, nickte und zog die Goldkette, die sie um den Hals trug, über den Kopf. Sie öffnete den Verschluss, nahm einen antiken Frauenring von der Kette und schob ihn Jupiter über den Tisch hinweg zu.

Dann stand sie auf, nahm Gracie auf den Arm und sagte: »Ich glaube, der hat einmal dir gehört. Wenn du so pleite bist, kannst du ihn ja versetzten. Er wird dir mehr als zwölf Dollar bringen.«

Dann drehte sie sich auf dem Absatz um und verließ das Büro. Das Geld hatte sie nicht angerührt.

Jupiter schüttelte den Kopf, dann griff er nach dem Ring und betrachtete ihn. Er versuchte sich zu erinnern und drehte dabei den Ring in der Hand hin und her. Nach einer Weile lächelte er bedauernd und murmelte: »Mann, das ist wirklich verdammt lange her.« Dann lehnte er sich auf seinem Sessel zurück und überließ sich den wiederkehrenden Erinnerungen.

Auf der Straße hinter den Haus stand Slim, immer noch mit Gracie auf dem Arm, im Schatten und versuchte darüber nachzudenken, was sie nun tun sollte.

»Heh, Mom«, sagte Gracie und fuhr mit ihren kleinen Fingern zärtlich über Slims Wange. »Weine nicht. Okay, Mom? Bitte weine nicht.«

Slim schniefte und suchte ungeschickt in ihrer Tasche nach einem Taschentuch.

»Du hast doch mich«, erklärte Gracie.

Ein neues Kapitel

Vierundzwanzig Stunden später war Slim eine andere Person.

Dank Phil und ein paar Geldtelegrammen hatte Slim mit Zügen, Flugzeugen und Taxis das halbe Land durchquert und befand sich nun in Chicago. Nach ein paar Stunden der Suche, fünfzehn Minuten am Schreibtisch des Stadtarchivars, zwei Anrufen und einer langen, kalten Fahrt auf einer Fähre war sie Erin Shleeter – eine Frau mit einer kleinen Tochter, einer neuen Frisur und neuem Aussehen.

Slim hatte den Namen in der Mikrofiche-Ausgabe einer alten Zeitung von Michigan gefunden, in den Todesanzeigen: »Erin Shleeter, sechs Wochen.« Das Mädchen, dessen kurzes Leben in dem Monat ein Ende gefunden hatte, in dem Slim zur Welt gekommen war, hatte keine Geschichte oder Identität, nur einen Namen, der nun wieder auferstehen sollte.

Die neue Erin verließ den Schreibtisch des Beamten mit einer gestempelten Geburtsurkunde, die die alte ersetzen sollte, die sie angeblich verloren hatte.

Die neue Frisur und der neue Stil waren Gracie zu verdanken. Als Slim ihr auf der Treppe des Verwaltungsgebäudes gesagt hatte, dass sie nun einen neuen Namen hatte, hatte Gracie erklärt: »Aber du siehst immer noch aus wie meine Mommy.«

Als Mustapha mit dem Wagen kam, um sie abzuholen, war das nicht mehr der Fall. Die Frau, die Gracie an der Hand hielt, als sie die wacklige Treppe zu ihrer neuen Zuflucht hinaufstiegen, hatte kurzes rötlich braunes Haar und trug schlichte Kleidung, wenn man von einem seltsamen Accessoire einmal absah, einer Armbanduhr mit einem klotzigen Plastikarmband.

»Iiiih« hatte Grace das neue Aussehen ihrer Mutter kommentiert. »Iiiih«, flüsterte sie nun abermals, als sie ihr neues Zuhause sah. Zwei schmale Matratzen auf dem Boden in einem Haus voller kurzfristig wohnungsloser Araber.

»Tut mir Leid«, sagte Mustapha, der Gracies Bemerkung gehört hatte, »das ist alles, was wir –«

Erin brachte ihre Tochter mit einem Blick zum Schweigen und schnitt ihm das Wort ab. »Es ist wunderbar. Danke.«

Der hoch gewachsene, dunkelhäutige Mann zuckte entschuldigend die Schultern und ließ sie allein.

Gracie klammerte sich fest an die Hand ihrer Mutter und starrte ihre Mitbewohner mit großen Augen an. »Mom«, flüsterte sie, »wer sind diese Leute?«

»Das sind … na ja, es sind Freunde von Freunden von Phil«, erklärte Slim und warf ihre neu gekauften Plastiktaschen auf den Boden neben ihre Matratzen.

»Ja, aber …« Gracie starrte ihre Mutter an. »Es sind *Fremde*!«

Die nächsten Tage waren ein bürokratischer Albtraum, aber sie führten zum Erfolg, denn am Ende hatte »Erin« einen Sozialversicherungsausweis, einen Führerschein, Kreditkarten und einen Job.

Ihre neue Arbeit bestand darin, für Mustapha und

Hassam bei Double D Harbor Rentals zu arbeiten. Nun musste sie nur noch einen guten Kindergarten finden und Gracie dort einen Platz verschaffen.

Inzwischen spielte Gracie in dem Mietbüro, überwiegend auf dem Boden zwischen Mustaphas Schreibtisch und dem ihrer Mutter. Gelangweilt malte sie, warf zusammengeknäultes Papier in die Papierkörbe und aß jeden Abend zusammen mit fünfzehn anderen an dem großen Tisch in Mustaphas Küche sättigende, geheimnisvolle Mahlzeiten.

»Araber sind wie Untergrundbewegung«, sagte Mustapha eines Nachmittags, als er ihrer Mutter ein Expresspäckchen reichte. »Phil sagt, keine Sorgen machen. Er nicht deportiert.«

Sie öffnete das Päckchen, das an Erin Shleeter adressiert war. Darin befand sich ein zweites Päckchen, adressiert an *Slim c/o Red Car Diner*.

»Hat Phil etwas über mich gesagt?«, fragte Gracie, während Erin den kleineren Umschlag aufriss.

»Aber klar doch«, versicherte Mustapha. »Er sagen: ›Wie geht es mein Lieblingsmädchen?‹ Ich sage, ›Mädchen jetzt schöne junge Dame.‹«

Gracie strahlte.

Slim keuchte verblüfft. »Das ist … von meinem Vater«, sagte sie. »Erinnerst du dich, Gracie, dieser Mann, den wir in dem großen Loft in San Francisco getroffen haben?«

»Iih.« Gracie zog die Nase kraus. »Der war nicht nett.«

»Nein, war er nicht«, sagte Slim, verblüfft, aber unfähig, ihr Grinsen zurückzuhalten. »Offenbar hat er es sich aber noch einmal anders überlegt.«

Man hatte ihn häufig genug verantwortungslos, unreif und egoistisch genannt, aber niemand hätte je behaupten können, Jupiter hätte keinen Sinn für Abenteuer. Als daher drei offensichtlich unechte FBI-Männer in sein Büro stürzten, reagierte er zunächst zuvorkommend, weil er eine Eskapade witterte.

Seine Besucher interessierten sich nicht dafür, wie freundlich er sich gab. »Lassen wir den Scheiß, Mann«, sagte einer von ihnen und bemerkte nicht, wie Jupiters Miene ausdruckslos wurde. »Wir suchen nach der Frau, die Sie gestern aufgesucht hat. Sie wird wegen Entführung gesucht.«

»Ach ja?«, erwiderte Jupiter kühl. »Kann man denn sein eigenes Kind entführen?« Er griff nach dem Ring, den Slim ihm gegeben hatte, und drehte ihn in der Hand hin und her.

»Ich bin nur hier, um Ihnen zu sagen«, erklärte ein Spinner mit einem Pferdeschwanz, »dass Sie erledigt sind, wenn Sie der Tussi irgendwie helfen. Haben Sie das verstanden?«

»Eigentlich nicht«, erwiderte Jupiter. »Erklären Sie es mir.«

»Er meint tot«, übersetzte der größere der falschen FBI-Männer. »Wenn sie wieder auftaucht, sollten Sie lieber diese Nummer anrufen.« Er warf eine Karte auf Jupiters Schreibtisch, der der vollkommen gelassene Spekulant nicht einmal einen Blick gönnte. Kurz nachdem die drei gegangen waren, verfasste Jupiter einen kurzen Brief.

Diesen Brief hielt Erin nun in der Hand.

»Gestern haben drei Männer gedroht, mich zu töten, falls ich dir irgendwie helfen sollte. Zu deinem Glück haben sie damit mein Interesse geweckt. Ich schicke das an eine alte Adresse, den Diner, wo du gearbeitet hast. Wenn dich dieser Brief erreichen sollte und du mehr brauchst, melde dich in meinem Büro. Jupiter.«

Sie hatte die Verpackung bereits aufgerissen und Bargeld gefunden. Fünfziger. Wahrscheinlich ein paar Tausend Dollar. Immer noch grinsend kämpfte sie gegen den Impuls zu weinen an. Und versagte.

Mustapha und seine Freunde – die Gracie wie eine kleine Königin behandelt hatten oder zumindest wie die Kinder, an die sie sie erinnerte, die Kinder, die sie hatten zurücklassen müssen und die sie bald nachholen wollten – halfen, die Second-Hand-Möbel, die Erin gekauft hatte, in das kleine, hübsche, von Jupiters Geld erworbene Heim zu tragen.

Auch Gracie machte mit, trug kleine Kästen und Einkaufstaschen mit Lebensmitteln. Aber sie verließ Mustaphas Haus nur ungern. So gern sie auch wieder ein Zimmer für sich hatte, war doch der Abschied von fünfzehn hingebungsvollen Brüdern, Vätern und Freunden ein hoher Preis dafür.

Das kleine Haus ähnelte ihrem alten Zuhause kein bisschen, aber in Erins Augen war es perfekt. Nun brauchte sie nur noch eine Alarmanlage. Nachdem sie Laken als provisorische Vorhänge aufhängt hatte, griff Erin noch einmal nach dem Hammer und befestigte eine Diele oberhalb der Hintertür. An der Diele hing ein dickes Seil. »Mommy, was ist das denn?«, wolle Gracie wissen, die ehrfürchtig zugesehen hatte.

»Es soll dich schützen, Toots«, antwortete Erin. »Und, was meinst du? Gefällt es dir hier?«, fragte sie dann.

»Warum?«, fragte Gracie misstrauisch. »Ziehen wir schon wieder um?«

»Nein. Wir sind doch gerade erst –«

»Gut«, verkündete Gracie. »Weil ich nämlich wirklich bald genug vom Umziehen habe.«

»Ich auch. Wir müssen nur ein paar Dinge bedenken.« Slim bestrich ein Brot mit Erdnussbutter und Marmelade und reichte es ihrer Tochter. »Solange wir hier sind, vergiss nicht, dass du mich nicht mehr Slim nennen darfst, sondern nur Mom oder Erin.«

»Ich nenne dich sowieso nie Slim«, sagte Gracie. »Und wieso kann ich hier nicht dieses Lammessen haben, das es bei Mustapha immer gab?«

Erin verdrehte die Augen. »Ich lasse mir das Rezept geben«, sagte sie. »Und ich weiß, dass du mich nie Slim nennst, Kleines, aber –«

»Bekomme ich auch einen neuen Namen?«, fragte Gracie später, als sie mit Erin zum Baden nach oben ging.

»Wahrscheinlich.« Daran hatte Erin noch gar nicht gedacht. Es war keine schlechte Idee. »Wenn du einen willst.«

»Okay«, sagte Gracie. Und während ihre Mutter die Plastikenten herausholte, den Aufziehfisch und das Segelboot, das Hassam für sie geschnitzt hatte, blitzten Gracies Augen auf. »Mom«, sagte sie aufgeregt, »ich habe eine prima Idee.«

»Bist du wirklich sicher?«, fragte Erin ihre Tochter ein paar Tage später, als sie zu dem Kindergarten gingen, für den sie sich schließlich entschieden hatte.

»Es ist besser als Erin«, verkündete Gracie entschlossen.

»Na gut. Also los.« Die Leiterin wartete vor dem Haus auf sie. Erin streckte die Hand aus. »Betty? Ich bin Erin Shleeter. Wir haben telefoniert –«

»Oh, hallo«, sagte die Frau. »Und wer ist das hier?«

»Das ist meine Tochter«, erklärte Erin ausweichend.

»Sieh mal an.« Betty kniete sich hin, um Gracie zu begrüßen. »Du bist aber wirklich hübsch. Und wie heißt du?«

»Queen Elizabeth«, verkündete Gracie stolz.

Betty blinzelte und warf Erin einen Bestätigung heischenden Blick zu. Erin zuckte die Achseln und lächelte. *Das ist nun mal meine Tochter*, schien sie zu sagen.

An Sonntagen fuhren sie in dem alten Taurus spazieren, den Mustapha für sie besorgt hatte. Und an einem bestimmten Sonntag fuhr Erin besonders waghalsig und viel zu schnell, als wollte sie etwas hinter sich bringen.

»Weißt du was, Mom?«, bemerkte Queen E von ihrem Platz auf dem Rücksitz aus, die Lippen weiß von Puderzucker. »Ich mag die Donuts, und ich telefoniere auch gern mit Oma, aber dafür jeden Sonntag fünfundfünfzig Stunden herumfahren –«

»Es sind keine fünfundfünfzig –« Erin war genervt. Sie mochte Mitchs Mutter, sie hatte sich sogar angewöhnt, sich auf sie zu verlassen, aber es war nicht abzustreiten: Mrs. Hiller war eine Verbindung zwischen ihrer Vergangenheit und der Gegenwart, eine wöchentliche Erinnerung daran, dass sie und ihre königliche

Tochter ein Doppelleben führten, und eines, das nur bedingt sicher war.

»– nur um zu einer Telefonzelle zu kommen? Heh, darf ich diesmal auch Daddy anrufen? Bitte? Bitte bitte bitte …«

Erins schüttelte den Kopf. Queen E sah sie traurig an.

»Hör bloß auf zu betteln«, sagte Erin. »Du siehst aus wie ein getretener Hund.«

Sie hielten an einem kleinen Laden in einem Vorort an. Auf der Veranda gab es einen Münzfernsprecher. Erin wählte die Nummer, und Queen E stand schon erwartungsvoll neben ihr.

Mrs. Hiller war sofort am Apparat. »Jetzt hat er etwas Juristisches vor«, sagte sie ihrer Schwiegertochter. »Es geht angeblich darum, dass du ihm sein Recht als Vater vorenthältst. So ein Unsinn, jetzt damit zu kommen! Aber du weißt ja, dass er leider Freunde bei der Polizei hat –«

»Was sagst du da?«, fragte Erin

»Sprich mit ihm«, drängte Mitchs Mutter. »Bitte. Du solltest ihn lieber gleich anrufen und ihn beruhigen.«

»Na wunderbar.«

»Liebes.« Mrs. Hiller wusste nicht, wie sie sie ansprechen sollte. »Es würde vielleicht helfen, wenn er mit Gracie sprechen könnte. Auch um ihretwillen. Du solltest doch wirklich selbst wissen, dass es ungesund ist, ohne Vater aufzuwachsen.«

Erin versprach, darüber nachzudenken. »Wir sollten uns lieber kurz fassen. Ich spreche nächste Woche wieder mit dir, ja?« Sie legte auf und ging auf den Wagen zu, wobei sie sich angespannt auf die Unterlippe biss. Als sie einen Blick zurück warf, sah sie, dass Queen E dank Assads Trainingsstunden versuchte, einen Basketball mit einer Hand hinter ihrem Rücken zu prellen. Erin wurde langsamer. Sie blieb stehen. Sie schüttelte den Kopf und ging wieder zu ihrer Tochter.

»Komm, Euer Majestät«, sagte sie. »Dann werden wir mal Daddy anrufen.«

Queen Elizabeth hielt den Hörer mit beiden Händen, während Erin wählte. Einen Augenblick später erhellte sich die Miene des Mädchens. »Hi, Daddy!«, rief sie. »Wir haben einen prima Urlaub!« Nachdem sie einen Augenblick zugehört hatte, fuhr sie fort. »Ach, wir waren überall. Chicago ... nur im Flughafen, selbstverständlich. Und –«

Erin schüttelte den Kopf und nahm ihr den Hörer weg. »Keine Fragen, okay?«, sagte sie ins Telefon. »Oder ich lege sofort auf.«

Schnell, weil sie nicht einmal seine Stimme hören wollte, reichte sie Queen E das Telefon zurück.

»Hör zu, Miststück, sie ist auch meine Tochter«, schrie Mitch, »und ich habe ein Recht, mit ihr zu sprechen, wenn ich das verdammt noch mal will.«

Queen E lauschte. Selbst Erin konnte Mitch brüllen hören. »Sag ihm einfach, dass du ihn lieb hast, und leg auf, ja?«, riet sie dem verdutzten Kind.

Queen E nickte. Sie hatte das Gesicht unsicher verzogen. »Bis bald!« Ohne ihrem Vater zu sagen, dass sie ihn lieb hatte, reichte sie ihrer Mutter den Hörer. Erin legte auf. »Jetzt bin ich wirklich, wirklich traurig«, sagte die Kleine.

Wütend auf sich selbst kniete Erin sich hin und umarmte ihre Tochter. »Und mir tut es wirklich Leid, Kleines. Es war mein Fehler.«

In einem charakterlosen Büroraum auf einem Polizeirevier Hunderte von Meilen entfernt streckte Mitch die Hand aus und drückte einen Knopf auf seinem Handy. Es steckte in einer Freisprecheinrichtung auf einem Schreibtisch, der mit Dutzenden von Brandflecken und eingeritzten Initialen und Obszönitäten verunziert war. »Was meinst du?«, fragte er den Mann, der auf der anderen Seite des Schreibtischs saß. Der Mann hatte den Kopf gesenkt und betrachtete seine Fingerspitzen, die er aneinander gelegt hatte.

Hinter ihm waren durch die dicke Glaswand sowohl uniformierte Polizisten als auch solche in Zivil zu sehen. »Robbie!«, knurrte Mitch.

Der angebliche Buchautor aus dem Diner, der Mann mit der Rose und den perfekten Zähnen, blickte auf. »Was ist?«

»Ihre Stimme.«

»Und?«, fragte er. »Sie kling genauso wie früher.«

»Gut«, sagte Mitch. »Nur für den Fall, dass sie ihr Aussehen verändert hat –«

»Ich erinnere mich an sie, Mann«, versicherte Robbie ihm. »Das habe ich dir doch schon gesagt. Aus dem Diner, von unserer kleinen Show. Mir ist allerdings vollkommen entfallen, warum du dich nicht an die Regeln gehalten und dich entschlossen hast, die Schlampe zu heiraten.«

Mitch starrte ihn wütend an. »Sie ist keine Schlampe!«

Robbie verdrehte die kalten blauen Augen. »O ja, tut mir Leid. Sie ist eine Kellnerin.«

»Was willst du damit sagen?«, wollte Mitch wissen.

»Ich meine, dass sie dumm ist! Deine Mutter anzurufen! Und jetzt ruft sie auch noch dich an.« Der Cop zeigte träge auf die Landkarte an seiner Bürowand, eine Karte von Nordmichigan. *Öffentliche Fernsprecher* lautete die Überschrift der Karte. An einigen Stellen waren Nadeln mit bunten Köpfen angebracht, und daneben waren die Daten der Anrufe notiert.

»Sie ist nicht dumm«, erklärte Mitch. »Sie glaubt einfach nur, was alle glauben: Wenn man nicht lange telefoniert, kann der Anruf nicht zurückverfolgt werden.«

»Ich würde immer noch gerne wissen, wieso du dir von all den Mädels, bei denen wir diesen Trick angewandt haben, ausgerechnet sie ausgesucht hast.«

Mitch stand auf und zuckte gereizt die Achseln. »Vielleicht ist es ja Liebe, Robbie.«

Mit einem trockenen, leisen Lachen sagte der Cop: »Ja, genau.« Dann machte er eine obszöne Geste und fügte hinzu: »Ich weiß, was das bedeutet«, und riet: »Wenn du schlau wärst, würdest du sie vergessen.«

Mitch beugte sich über den Schreibtisch. »Ich kann sie nicht vergessen, verdammt! Sie hat mein Kind entführt!«

Robbie stand auf und schloss die Tür, so dass die anderen Polizisten sie nicht hören konnten. »Wie oft soll ich es dir noch sagen?«, fragte er Mitch ungeduldig. »Man kann nur dann von Entführung sprechen, wenn jemand, der nicht die Mutter ist, das Kind wegbringt. Wenn es die Mutter macht, ist das ganz normal, okay?«

Mitch hatte nicht die Nerven für einen Vortrag. »Wie bald kannst du dort sein?«

»Ich weiß es nicht«, murrte Robbie. »Heh, ich habe hier einen Job. Diese ganze Idee –«

»Du hast hier eine Menge Jobs«, schnitt Mitch ihm das Wort ab. »Und deine Chefs wissen nicht von allen, oder?«

Robbie warf einen Blick über die Schulter. Die Bürotür war geschlossen, aber das bedeutete nicht, dass Mitchs Stimme nicht vielleicht doch auf der anderen Seite der Abtrennung zu verstehen war. Zwei Kripomänner, die gerade an dem Glaskasten vorbeikamen, bedachten ihn mit einem wissenden Lächeln.

»Arschloch«, flüsterte er Mitch zu. »Sei vernünftig. Ich kenne Typen in Detroit, die das regeln können.«

»Wie die in Seattle? Ich weiß, was das für Leute sind. Sie haben Slim nie gesehen, haben nie ihre Stimme gehört. Sie wird sie entdecken und wieder abhauen, bevor deine Freunde sie auch nur bemerkt haben.« Mitch ging dichter an den nervösen Robbie heran. »Entweder du machst es selbst«, sagte er mit leiser Stimme, die erheblich bedrohlicher klang als sein Gebrüll zuvor. »Entweder du machst es selbst, oder …« Mitch lächelte grimmig.

Robbie starrte ihn an und versuchte zu ergründen, was sein alter Freund vorhatte. »O Scheiße. Du willst sie umbringen, nicht wahr?«

»Wie kannst du so etwas sagen, Rob?« Mitch, der immer noch grinste, klang bekümmert. »Du weißt doch, wie ich mit Frauen umgehe. Du hast mich mit Charlene und mit der außerordentlichen Rita erlebt …«

Robbie starrte ihn weiterhin an. Und Mitch starrte

zurück. Schließlich wandte der Cop den Blick ab. »Eines Tages, Mann«, sagte Robbie leise, »musst du mir mal was erklären. Warum tue ich am Ende immer, was du willst?«

»Nun, du wolltest es ja unbedingt haben.« Die Hände auf die Hüften gestützt, hatte sich Erin über Queen E gebeugt und beobachtete nun, wie das Kind höflich in dem Lammeintopf auf ihrem Teller stocherte. »Ich konnte Assad nicht bei Mustapha erreichen, also hab ich, na ja, einfach improvisiert. Was meinst du, ist es in Ordnung? Es ist doch, okay, oder?«

Queen E nickte, aber sie schien nicht überzeugt.

»Nein, ist es nicht. Es ist schauerlich«, gab Erin zu.

»Es ist nicht *schauerlich*, Mom.« Ihre Tochter versuchte, diplomatisch zu sein.

»Aber gut ist es auch nicht?«, hakte sie nach, obwohl sie wusste, dass sie das Thema vielleicht lieber fallen lassen sollte. »Ist es gut?«

»*Gut?*« Ungläubig starrte Queen Elizabeth ihre Mutter an. »Mom, du hast es doch selber probiert!«

Erin sackte wieder auf ihren Stuhl, schob den Teller zurück und ließ den Kopf hängen. Bald schon flossen stumme Tränen über ihre Wangen.

Damit hatte Queen E nicht gerechnet. Und nachdem sie bereits mühsam Lammfleisch runtergewürgt und gelogen hatte wie Pinocchio, würde sie nicht noch einmal versuchen, ihre Mutter zu trösten. Da war es besser, einfach zu einem anderen Thema überzugehen. »Weißt du, was ich denke?«, fragte sie weise.

Erin riss sich zusammen. »Was denn?«

»Ich denke, Daddy fehlt dir.«

Diese Diagnose war so falsch, dass es beinahe rührend war. Beinahe. Erin fühlte sich gezwungen, ehrlich zu sein. »Daddy schreit mich an, Toots.«

Queen E nickte, seufzte, dachte nach. Schließlich sagte sie: »Na ja. Dann fehlt dir irgendwer.«

Erin lachte und umarmte ihre Tochter. Und nachdem Ihre Hoheit eingeschlafen war, begann sie leise, ein paar von Gracies Sachen vom Boden aufzulesen. Halb unter dem Bett fand sie ein Flanellhemd. Es hatte Joe gehört. Gracie hatte es an dem Abend getragen, als sie aus Joes Haus geflohen waren.

Sie sah es an. Lächelte. Roch daran.

Nicht alle Männer …

Joe stieg mit seinem Bordgepäck aus dem Flugzeug und ging direkt zu den öffentlichen Telefonen. Er strich sich das wirre dunkle Haar zurück, legte sich das Sakko über den anderen Arm und betrachtete die Nummern auf den Telefonen. Er verglich sie mit der Nummer, die er auswendig gelernt hatte. Das entsprechende Telefon klingelte ein paar Minuten später. Er hob ab und sagte: »Sorry, mein Flugzeug hatte Verspätung.«

Erin an ihrem Schreibtisch bei Double D Harbor Rentals lächelte. »Okay, miete dir ein Auto, achte darauf, dass dir niemand folgt, und fahre nach Green Bay. Geh dort zu Starbucks, nicht in eins der drei an der Main Street oder das bei der Bibliothek, sondern in das im Buchladen. Dort gibt es noch ein öffentliches Telefon.«

Joe schüttelte den Kopf und versuchte, sich das Lachen zu verkneifen. »Was ist das – eine Schnitzeljagd? Soll ich das ganze Wochenende damit verbringen, in der Gegend herumzufahren?«

Er klang so gut, so eifrig und vergnügt. »Mach dir keine Gedanken, ich verspreche, dass du gegen vier hier sein wirst«, sagte sie. »Ich rufe dich in drei Stunden im Starbucks an.« Dann legte sie auf.

Also ging Joe zur Autovermietung. Zweieinhalb Stunden später fand er das Starbucks im Buchladen, wusch sich auf der Toilette noch einmal das Gesicht mit kaltem Wasser, bestellte einen doppelten Espresso und zog sich den Zorn des einzigen Teenagers in Green Bay zu, der noch kein Handy hatte, indem er das öffentliche Telefon blockierte.

Um fünf nach vier trug Joe sein Gepäck an der Reihe von Autos vorn auf dem Autodeck der Fähre entlang.

Dabei kam er direkt an Robbies Yukon vorbei, ohne etwas davon zu ahnen. Auf dem Beifahrersitz des Wagens war eine Landkarte von Michigan ausgebreitet, auf der mehrere Städte angekreuzt und wieder durchgestrichen waren. Mitchs Freund selbst war auf dem Fahrersitz eingeschlafen.

Am Dock warteten die rothaarige Erin und ihre königliche Tochter. Sie erspähten Joe, noch bevor er sie sah. Ihre aufgeregten Rufe gingen in den lauten Statikgeräuschen des Lautsprechers der Fähre unter, dann erklang die Meldung: »Wir bitten um Ihre Aufmerksamkeit. Bitte bereiten Sie sich auf das Anlegen vor.«

Die Ankündigung riss Robbie aus dem Schlaf. Er streckte sich und trank einen Schluck kalten Kaffee aus dem Pappbecher. Plötzlich drang eine weit entfernte Stimme durch alle anderen Geräusche: »Heh, Joe! Heh! Hier drüben!«

Robbie blinzelte und legte den Kopf schief. Hatte er wirklich gerade gehört, was er glaubte gehört zu haben? Die Kellnerin? Mitch Hillers verschwundene Frau?

Auch Joe hatte sie gehört. Und er winkte, als Queen E auf dem Dock auf und ab sprang und »Joe! Joe! Joe!« rief.

Robbie sprang aus seinem Auto und stellte sich aufs Trittbrett, damit er besser sehen konnte. Und tatsächlich, da stand die Gesuchte am Ufer und winkte, jämmerlich schlecht verkleidet als rothaarige Hausfrau. Und das Kind. Und direkt vor sich sah er den Kerl aus Seattle, zu dem er seine Leute geschickt hatte: Slims alten Collegefreund Joe.

Die Fährbesatzung senkte die Brücke ab, und die Passagiere, die zu Fuß an Bord waren, begannen, das Schiff zu verlassen. Die Kellnerin und Mitchs Kind sprangen immer noch auf und ab. Robbie beobachtete die fröhliche Wiedervereinigung mit Joe College. Er beobachtete, wie sie sich umarmten.

Dann sah er, dass noch drei Autos vor ihm warteten. Er sah nervös zu, wie Mitchs Frau den Mann zu ihrem Auto führte. Die Fußgänger waren schon alle von Bord gegangen. Die ersten Wagen rollten von der Fähre. In ein paar Sekunden würde Robbie auch herunterfahren.

»Das war die verrückteste Reise, die ich je hatte«, sagte Joe, als Erin seine Sachen auf den Rücksitz warf. »Das kann ich euch sagen«, fügte er lachend hinzu. »Aber ich bin absolut sicher, dass ich nicht verfolgt wurde.«

»Joe, Joe, warte!«, rief Queen E plötzlich, nahm seine Hand und zog ihn vom Auto weg. »Willst du sehen, wo meine Mommy arbeitet? Wenn du dich auf die Zehen stellst und ganz da rüber guckst, dort am Hafen, wo das große D ist, dort arbeitet sie!«

Robbie tippte ungeduldig mit dem Fuß. Endlich fuhr der Wagen vor ihm von der Fähre. Er fuhr an und versuchte dabei, die Wiedervereinigten im Auge zu behalten, als ein Mann von der Fährbesatzung vor ihn trat und auf die Motorhaube des Yukon schlug, zum Zeichen, dass Robbie nun anhalten sollte – dann winkte er den Wagen auf der zweiten Spur, loszufahren.

Empört starrte Robbie nach vorn und sah, wie die Zielpersonen in den Wagen stiegen. Er hupte, was den Mann von der Fährbesatzung ärgerte. Er warf Robbie einen »Vergiss es, Kumpel«-Blick zu und winkte vergnügt weitere Autos aus der anderen Spur vorwärts.

Eine Minute später musste der Polizist erbost zusehen, wie Mitchs Frau davonfuhr, während er auf dieser dämlichen Fähre festsaß. Robbie hätte dem alten Knaben vor dem Auto am liebsten den Schädel eingeschlagen und dann seine Dienstmarke gezeigt. Aber das musste er sich selbstverständlich verkneifen. Wenn erst Anrufe zwischen den hiesigen Cops und seinem heimatlichen Revier hin und her gingen, würde er bald sein Abzeichen bei Ebay versteigern können.

Joe folgte den beiden Mädels den Flur ihres neuen Heims entlang. »Und das hier ist das Gästezimmer«, verkündete die rothaarige Erin und zeigte ihm Queen Es Zimmer. »Normalerweise als Buckingham Palace bekannt.«

Es war eindeutig, dass Queen E ihr Zimmer selbst eingerichtet hatte. Die Wände, ein Durcheinander aus lebhaften Farbflecken und verlaufener Farbe, waren, wie Joe zugeben musste, »sehr, sehr farbenfroh«.

»Selbst gemacht«, erklärte das Mädchen stolz.

»Du solltest ihn lieber warnen«, sagte Erin zu ihrer Tochter. Als Queen E verwirrt dreinschaute, flüsterte ihr Erin etwas ins Ohr. »Ach ja«, erwiderte das kleine Mädchen erfreut. »Die Träume hier können echt laut werden.«

Joe stellte seinen Koffer ab. »Tatsächlich? Welche Art Lärm machen sie denn, Gracie?«

Sie verzog das Gesicht. »Ich heiße Queen Elizabeth.«

»Also gut. Tut mir Leid, Euer Hoheit«, verbesserte sich Joe schnell.

»Kein Problem.« Queen E war großzügig. »Mom, was sollen wir morgen machen?«

Erin sah Joe an. »Was würdest du denn gerne tun?«

»Ach, einfach nur zusammen sein«, antwortete Queen E für ihn.

»Genau das will ich auch«, stimmte Joe zu.

Erin musste am nächsten Morgen noch eine Weile arbeiten, also trieben sich Joe und Queen E in der Nähe des Büros am Hafen herum und warteten auf sie. Joe hielt die Hand der Kleinen, und sie balancierte waghalsig auf der Reling eines Boots, das zur Reparatur im Hafen lag.

Ein seltsames Geräusch wie von einem Kameraverschluss ließ sie beide aufblicken. Als sie über das Hafengelände hinwegschauten, erklang das Geräusch noch einmal. Joe hob Queen E von der Reling und sah sich im Hafen mit seinen Schiffen im Trockendock und Arbeitern um, die schweißten oder schliffen und dazu Schutzmasken oder -brillen trugen. Jedes dieser seltsam aussehenden Geräte, die die Arbeiter benutzten, hätte so klicken oder klacken können. Dennoch hatte das Geräusch Joe eine Gänsehaut verursacht.

Er sah sich noch einmal genau um, aber dann hielt er inne, weil er Erin erspähte, die in der Tür von Double D stand. Sie beobachtete Joe und Queen E mit einem liebevollen Lächeln. Dann kam sie heraus, blinzelte im Sonnenlicht und winkte ihnen zu. »Okay, ich bin fertig!«, rief sie. Und wieder hörte Joe das Geräusch.

Sie veranstalteten ein Picknick am Wasser und sahen zu, wie Queen E ihre neu gelernten Tricks vorführte und ihren Basketball wild auf der Promenade hüpfen ließ.

»Es scheint ihr prima zu gehen«, sagte Joe.

»So ist es auch«, stimmte Erin zu.

»Und was ist mit dir? Alles in Ordnung? Du bist hier so abgeschnitten von allem! Du kannst nicht mit deinen Freunden reden oder –«

Erin hielt ihn auf. Sie legte ihm einen Finger auf die Lippen und erklärte ihre Situation in einem kurzen Satz: »Hier ist Gracie in Sicherheit.«

Gerade als sie diesen Satz ausgesprochen hatte, prallte der Ball von Queen Es Fuß ab und rollte über die Promenade.

»Ja?«, sagte Joe. »Aber Mitch ist … Wann soll diese Sorgerechtsanhörung stattfinden?«

»Erst in ein paar Monaten –«

»Und sie bevorzugen ohnehin die Mutter, also –«

»Normalerweise ja. Aber er hat viel Geld und viele Anwälte.«

»Genau das meine ich«, sagte Joe. Er dachte daran, ihr von dem klickenden Geräusch zu erzählen. Hatte sie es auch gehört? War es eine Kamera gewesen oder ein Werkzeug, das im Hafen benutzt wurde? Aber dann beschloss er, es nicht zu erwähnen. Sie hatten so wenig Zeit zusammen, und Slim hatte schon so viel durchgemacht. Es gab keinen Grund, sie zu erschrecken, wenn er nicht einmal wusste, was dort im Hafen geschehen war. »Du siehst großartig aus«, sagte er.

»Ja.« Sie lachte. »Mein Schönheitsgeheimnis ist ununterbrochene Angst.«

Der Basketball rollte, bis er gegen die Füße eines Mannes stieß – ein Mann mit Sonnenbrille und Baseballmütze, der eine digitale Kamera in die Tasche seines Anoraks gesteckt hatte. Queen E lief auf ihn zu und blieb dann stehen.

»Hallo Gracie, ist das dein Ball?«, fragte der Mann.

»Ja«, erwiderte das Kind und merkte gar nicht, dass er ihren Namen – ihren alten Namen – benutzt hatte.

»Ich heiße Robbie«, sagte er. »Soll ich dir einen Trick beibringen?«

»Slim«, sagte Joe gerade, »du kannst doch nicht ewig weglaufen.«

»Erin«, erinnerte sie ihn. »Und warum nicht? Sieht aus, als könnte ich es ganz gut.«

»Sicher. Aber du kannst alles gut.«

Sie sah ihn misstrauisch an. »Kritisierst du mich, oder flirtest du mit mir? Entscheide dich.«

»Beides, denke ich.«

Rein aus Instinkt fragte Erin plötzlich: »Wo steckt denn Gracie?« Sie sah sich um.

Auch Joe hielt nach dem Kind Ausschau. »Ich weiß nicht; sie war gerade noch hier …«

Erin kniff die Augen zusammen. Von ihrer Tochter war nichts zu sehen. Sie spürte, wie Panik in ihrer Brust aufstieg und ihr die Kehle zuschnürte. Es passte nicht zu ihre Tochter, einfach zu verschwinden.

Joe lief die Promenade entlang. »Elizabeth!«

»Elizabeth?«, rief auch Erin, unsicher, welchen Namen sie verwenden sollte.

Hatte Mitch sie etwa gefunden? Nein, Erin wollte diesen Gedanken nicht mal zulassen. »Elizabeth – Gracie – wo bist du?«

Sie war aufgesprungen und rief noch einmal, als aus einer ganz anderen Richtung als der, in die sie sich gewandt hatte, Queen Es Antwort erklang. »He, Mom, willst du mal was sehen?«

Erin zuckte zusammen.

Sie war ganz in der Nähe, vollkommen in Ordnung, und hielt ihren Basketball in der Hand.

»Sicher«, sagte Erin und versuchte, sich wieder zu beruhigen. Es war schließlich nichts geschehen. Sie war die ganze Zeit in der Nähe gewesen.

Queen E verzog vor angestrengter Konzentration das Gesicht und begann, mit dem Ball zu dribbeln.

Erin achtete kaum darauf. Sie schauderte, und sie konnte dieses seltsame, schreckliche Gefühl nicht abschütteln, dass ihr Kind in Gefahr war. Sie sah sich weiterhin misstrauisch um. Und noch während sie sich umschaute, ging der Mann mit der Baseballmütze an ihr vorbei, den Kopf gesenkt, den Kragen seiner Jacke hochgeklappt.

Es dauerte lange, bis das Gefühl verschwand. Es hielt bis in die Nacht an.

Selbst als die drei friedlich in ihren Betten lagen, fand Slim keine Ruhe. Gracie hatte sich bequem an sie geschmiegt und sah im weichen Licht der Nachttischlampe wie ein kleiner Engel aus. Slim hielt unruhig Wache.

Aber dann musste sie wohl doch ein wenig eingeschlafen sein, denn sie schreckte plötzlich wieder auf, als sie hörte, dass sich jemand in der Küche zu schaffen machte.

Es war Joe. Mit einem Glas Saft in der Hand spähte er auf dem Weg zu seinem Schlafzimmer in ihr Zimmer hinein.

»Hallo«, grüßte sie ihn.

»Gracie hatte Recht«, sagte er leise. »Was die Träume da drin angeht.«

»Ja, meine sind auch ziemlich laut«, gab sie zu. Dann bedeutete sie ihm mit einem Nicken, er sollte doch hereinkommen. »Aber vergiss nicht die Hausregeln«, sagte sie, als er ins Bett stieg.

Er nahm ihre Hand in seine Hände und rieb sie sanft, denn Slims Hand war kalt. »Wer könnte die vergessen, so lange Gracie hier ist?«

»Ja?«, sagte sie nach einer Weile, eingelullt von seiner Wärme und Zärtlichkeit.

»Ja.«

»Was meinst du, was wäre wohl passiert … wenn, du weißt schon, wenn wir beiden –«

»Nein«, flüsterte er. »Es ist dumm, an so was zu denken.«

»Warum?«, fragte sie.

Darüber musste er eine Weile nachdenken. »Nun, zum einen wegen Gracie«, antwortete er. »Sie ist umwerfend, Slim. Gracie ist wirklich ein tolles Kind. Und jeder Weg, der sie nicht einschließt, ist sinnlos.«

Sie drückte seine Hand und nickte. »Ginny hat mir von diesem Wochenende erzählt.«

»Ginny? Ja. Das Wochenende, an dem du geheiratet hast?«

»Ja.«

»Sie hat dir erzählt, wie schrecklich ich war?«

»Joe.« Slim schüttelte lächelnd den Kopf. »Das funktioniert vielleicht bei anderen, aber du vergisst, dass ich tatsächlich Erfahrungen mit dir habe.«

»Glaub mir, das habe ich bestimmt nicht vergessen.«

»Und aus meiner Erinnerung würde ich sagen«, fuhr sie verträumt fort, »dass du gar nicht so schlecht bist.«

Eine Sekunde lang war er sich nicht sicher, wie sie das meinte. Dann lachten sie beide.

»Musst du wirklich morgen schon wieder weg?«, fragte sie liebevoll.

Joe nickte.

»Kannst du nicht einfach kündigen, hier bleiben und auf Pferde setzen oder so und reich werden?«

Er sagte nichts, sondern hielt einfach nur ihre Hand. Schließlich wandte er sich ihr zu. Er war ernst geworden. »Bitte küss mich, Slim«, sagte er. »Ich weiß, das sollten wir nicht tun, es ist gegen die Hausregeln, aber dass ich den ganzen Weg gekommen sein soll und so empfinde, wie ich nun mal empfinde, und wir nicht mal –«

Sie küsste ihn. Jede Faser ihres Körpers reagierte auf das warme Drängen seiner Lippen. Einen Augenblick lang verschwand die Angst, wich einer verblüffenden Fülle von Freude und Trost, Sehnsucht und Sicherheit …

Draußen vor dem Fenster bewegte sich etwas. Ein Schatten, vielleicht nur ein im Wind schwankender Baum. Ein Geräusch wie ein Zweig, der über das Glas streift. Ein Zweig, der brach, ein huschendes Tier, ein seltsam gedämpftes Klicken.

Schaudernd löste sie sich von Joe. Nein. Es gab keine Sicherheit, so lange sie und Gracie gejagt wurden. Nicht einmal – oder vor allem nicht – in der Liebe.

Kein Versteck ist gut genug

Danach ist sie wieder Erin.

Die Hausfrau Erin mit ihrer exzentrischen, fantasiereichen Tochter, die zum Mittagessen Teig für Bananen-Schokoladen-Pfannkuchen anrührt.

Die gute Mutter Erin, die ihre schwatzhafte Tochter nach dem Bad in ein großes, weiches Handtuch hüllt, ihr das frisch gewaschene Haar kämmt und zusieht, wie ein Regenbogen von Fingerfarben in den Abfluss läuft.

Erin die Vorleserin, die am Bettrand sitzt und liest und singt, bis die wunderschönen dunklen Wimpern ihres königlichen Kindes sich endlich auf die Wangen senken und es schläft.

Wenn es Nacht wird im abgeschlossenen Haus, seufzt Erin zufrieden, denn wieder ist ein Tag »normalen Lebens« vergangen. Und erst am Abend, bevor sie in den Schlaf sinkt, kann sie sich wieder eingestehen, dass sie eigentlich Slim ist.

Draußen sind die Straßenlampen dunkler geworden, und sogar der Mond ist von Wolken verhüllt. Drinnen ist alles dunkel und still, bis auf das gelegentliche Ächzen eines alten Hauses – eine Diele knarrt, eine Uhr tickt, die Mauern setzen sich …

Gracies Zimmer liegt im trüben Licht der kleinen Nachtlampe. Sie hat sich mit ihrem Teddy unter die Decke gekuschelt, und ihre Atemzüge sind leise und gleichmäßig.

Die Schlafzimmertür steht offen. Slim liegt flach auf

dem Bett und konzentriert sich auf die Pläne für den nächsten Tag, macht sich Gedanken um Gracie ... und gähnt.

Hör auf nachzudenken, Schlaf endlich ein, sagt sie sich und blinzelt müde, dann wirft sie einen kurzen Blick aus dem Augenwinkel in den Flur ...

Ein Gesicht blitzt im Flurspiegel auf.

Sie setzt sich schaudernd auf.

Vertraute dunkle Augen starren sie an, nageln sie mit einem kalten, gnadenlosen Blick fest.

O Gott, nein, das darf nicht sein.

Mitch!

Sie versucht zu schreien, aber ihre Stimme wird erstickt ...

Ein Keuchen.

Slim schreckte auf, und ihr Herz schlug wie ein Presslufthammer. Das erste Tageslicht fiel grau durchs Fenster herein. Sie setzte sich ruckartig auf, die Arme ausgestreckt, die Hände zitternd, und sah sich um. Alles war normal. Vollkommen in Ordnung. In Sicherheit.

Sie atmete ein und registrierte einen schwachen Geruch, der sie an eine Bar erinnerte – Aftershave und Schweiß, gemischt mit Zigarettenrauch und schalem Bier. Sie rieb sich die Nase, schüttelte den Kopf und versuchte, den erschreckenden Traum abzuschütteln. *Alles nur ein Albtraum*, versuchte sie sich zu beruhigen. Instinktiv berührte sie ihr Handgelenk, das Plastikarmband, das sie in ihrer ersten Woche als Erin gekauft hatte.

Kalte Luft verursachte ihr eine Gänsehaut. Ihr

Schlafzimmer war so kühl, dass sie eigentlich nur unter die Decke kriechen und wieder ruhen und alles vergessen wollte, aber das ging nicht. Sie musste aufs Klo. *Verflucht.*

Slim biss die Zähne zusammen, schob die Decke weg und ging zum Fenster. Draußen auf den Bäumen glitzerte der Reif. Und dort, wo der Boden aus irgendeinem Grund nicht gefroren war, waren glänzende, schlammige Reifenspuren zu sehen …

Sie ging den Flur entlang. Ihr Albtraum folgte ihr. Jede offene Tür fühlte sich wie eine Falle an, die gleich zuschnappen konnte; jeder Schatten schien neu, menschlich und groß. Sie warf einen Blick in Queen Elizabeths Schlafzimmer, kaum im Stande, ihre wahnsinnige Angst zu bezähmen, dass ihre Tochter verschwunden sein könnte. Aber nein, die müde kleine Königin lag immer noch zusammengerollt unter ihrer Decke und schlief ruhig.

Erleichtert ging Slim ins Bad. Sie zog die Schlafanzughose herunter und setzte sich aufs Klo. Der kalte Kachelboden biss ihr in die Füße, weckte sie, schärfte ihre Sinne. Im frühen Morgenlicht schien sich alles schärfer abzuzeichnen: die Farben der Badezimmerkacheln, der Geruch nach Seife, die winzigen Geräusche des Hauses.

Der Duschvorhang vor ihr raschelte.

Sie starrte den Vorhang an, während sie noch auf der Toilette saß, sah zu, wie er sich bewegte. *Nur der Wind,* nahm sie an, aber wieder stieg die Panik in ihr auf. Irgendwas stimmt hier nicht.

Sofort kamen andere Gedanken. *Gracie?* Aber Gracie war in ihrem Zimmer und schlief fest … sie waren doch allein, oder? Mit laut klopfendem Herzen benutzte sie das Toilettenpapier, zog die Hose hoch und holte tief Luft.

Eins. Zwei. Drei.

Mit einer raschen Bewegung riss sie den Duschvorhang zurück und –

Nichts.

Es war nichts: nur eine leere weiße Dusche, nur der Durchzug, den sie den verzogenen Fensterrahmen des alten Hauses verdankten.

Ich verliere wirklich langsam den Verstand, dachte sie.

Sie fuhr sich mit den Fingern durchs Haar und ging dann in die Küche, wo sie einen Kessel mit Wasser füllte und auf den Herd stellte. Sie trank ein wenig Orangensaft aus einem Karton im Kühlschrank, dann ging sie ins Wohnzimmer und faltete einen Pullover zusammen, der auf der Couch gelegen hatte. Das Haus fühlte sich immer noch nicht richtig an.

Und als sie diesmal aufblickte, bestätigen sich ihre schlimmsten Vorahnungen.

Ein Mann sprang ihr in den Weg und packte sie sehr fest. Er ragte über ihr auf und bedachte sie mit einem höhnischen Lächeln. Es war Mitch.

MITCH!

Sie konnte es einfach nicht glauben. Sie wollte schreien, aber irgendwie erinnerte sie sich an ihre schlafende Tochter und unterdrückte den Impuls. *Also gut*, versuchte Slim sich einzureden, *es wird schon alles gut*, obwohl entsetzliche Angst ihr die Knie weich werden ließ. Wie hatte er sie diesmal gefunden?

Mitch verrenkte ihr den Arm, zog sie den Flur entlang, schleuderte sie gegen eine Wand, dann gegen die andere. Slim wehrte sich, die Zähne zusammengebissen, gegen den wilden Schrei, der in ihr aufstieg. Er war viel zu stark, stärker, als sie ihn in Erinnerung hatte. Sie hatte keine Chance. Dennoch wehrte sie sich, kratzte, versuchte ihn zu treten, ihn mit dem Knie zu treffen.

Die einzigen Geräusche waren Grunzen und das Klatschen, wenn er ihren Körper und ihren Kopf gegen die Wände und schließlich gegen den Türrahmen ihres Zimmers stieß. Mitch nahm sie in den Schwitzkasten, dann beugte er sich dicht zu ihrem Ohr und flüsterte ihr etwas zu.

»Ich will dich wiederhaben.«

»Nein«, sagte sie.

»Alles wird wieder so sein wie früher.«

Sie zuckte in seinem Griff, versuchte, sich zu befreien. »Ich habe es dir doch gesagt«, zischte sie durch zusammengebissene Zähne. »Nein!« Sie war selbst verblüfft über das Tempo und die Intensität ihrer Reaktion, wo doch ihr Leben buchstäblich in seinen Händen lag.

»Das ist ziemlich dumm von dir«, warnte er. »Und weißt du auch warum?« Nun hatte er die Hände an ihrem Hals, und er drückte zu. »Wenn ich dich nicht haben kann, wird dich auch kein anderer bekommen.«

Sie kratzte seine Hände, versuchte seine Finger wegzubiegen.

»Und dieser kleine Wichser«, sagte Mitch, »der dich hier besucht hat, der wird sich seine Eingeweide bald aus dem Lake Washington fischen müssen.«

Der Druck auf ihren Adamsapfel war mehr als

schmerzhaft. Sie würgte, und jeder Atemzug sandte Schockwellen zu ihrem Hirn. Seltsame Formen und Farben blitzten hinter ihren Lidern auf. Sie stand kurz davor, das Bewusstsein zu verlieren.

»Und weißt du was noch, Schatz?«, sagte Mitch und beugte sich über sie. »Um mich des Mordes zu bezichtigen, brauchen sie erst mal eine Leiche. Wenn sie keine finden, werden sie einfach denken, dass du wieder abgehauen bist.«

Entschlossen, bei Bewusstsein zu bleiben, öffnete Slim die Augen und zog so fest an seinen Händen, wie sie konnte. Dabei starrte sie an ihm vorbei. Sie sah Queen E, die in der Tür ihres bemalten Zimmers stand und zusah.

»Nur dass du diesmal nicht wiederkommen wirst«, keuchte Mitch atemlos.

»Nein!«, schrie Queen E plötzlich. »Nein! Mommy! Hör auf! Hör auf!« Noch während sie schrie, stürzte sie sich auf die beiden und fing an, mit den Fäusten auf den Rücken ihres Vaters zu schlagen und ihn am Haar zu ziehen.

Er schien sie nicht zu hören, nicht zu spüren. Er hörte nicht auf, er zögerte nicht einmal. Trotz der Schreie seiner Tochter würgte er Slim weiter. Er ignorierte Gracie vollkommen, fuhr herum und stieß dabei gegen das Kind, schleuderte es gegen die Wand.

Slim hörte und sah das alles wie aus weiter Ferne. Mehr als verzweifelt hörte sie auf, nach Mitchs Händen zu greifen, und packte ihre eigenen, versuchte das dicke Plastikarmband um ihr Handgelenk zu erreichen, tastete nach der Uhr, während ihre Tochter kreischte und schluchzte.

Nun bekam sie wieder mehr Luft. Slim drehte das Zifferblatt der Uhr so, dass es in Mitchs Gesicht zeigte. Im letzten Augenblick schöpfte er Verdacht und versuchte zurückzuweichen. Es war zu spät. Sie drückte den Knopf. Das Pfefferspray traf Mitch ins Gesicht, in die Augen. Er brüllte vor Schmerz und ließ Slim endlich los.

Slim sprang auf, packte Queen E und rannte mit ihr los, während Mitch sich auf dem Boden vor Schmerzen krümmte. Sie fuhr herum und zog an einem Seil, dem dicken Seil, das sie installiert hatte, als sie ins Haus eingezogen waren. Die Diele, die daran befestigt war, rutschte herunter und blockierte die Tür.

Sie rannte zu ihrem Taurus, immer noch im Schlafanzug, das Kind auf dem Arm. Sie drückte den Code auf der Tastatur an der Fahrertür, riss die Tür auf, schob Queen E hinein und holte den Schlüssel unter der Matte hervor. Sie ließ den Motor an, gab Gas und raste davon.

Eigentlich hätte ihr alles wehtun müssen. Sie hätte erschöpft sein müssen, wie betäubt vom Sauerstoffmangel. Stattdessen waren ihre Sinne vom Adrenalin beflügelt und superscharf. Weit hinter ihr, so weit, dass sie es eigentlich gar nicht hätte hören dürfen, gab jemand Gas. Slim schaute in den Rückspiegel und sah einen schwarzen Chevy Suburban, der aus der Einfahrt gerast kam.

Sie fuhr auf den Highway, dann durch einen Irrgarten kleiner Straßen in der Stadt und landete schließlich bei einem verlassenen Einkaufszentrum. Sie parkte auf dem hinteren Parkplatz in der Nähe der Müllcontainer, stieg aus und holte einen kleinen Koffer aus dem Kofferraum.

Gleich danach waren sie und Queen E wieder im Auto, holten Kleidung aus dem Koffer und zogen sich an.

»Mom, was ist denn los?«, fragte ihre Tochter. Die Oberlippe der Kleinen zitterte.

»Zieh dich einfach an, Gracie. Sofort. Beeil dich!« Sie warf eine Jacke auf den Rücksitz.

Abgelenkt, in einem hektischen Wirrwarr von Schlafanzügen und Unterwäsche und Jeans, brauchte sie einen Augenblick, bis sie das Klopfen am Fenster hörte und den Mann bemerkte, der sie anschaute.

Die Zeit kam zum Stillstand und schien dann rückwärts zu laufen, als sie ihm ins Gesicht starrte. Sie war wieder im Diner, vor mehr als fünf Jahren. Das da war der Widerling mit der Rose, der Kerl, den Mitch rausgeworfen hatte.

Was hatte der hier zu suchen?

Dann wusste sie es. Er gehörte zu Mitch. Er hatte immer mit Mitch zusammengearbeitet. Die Auseinandersetzung der beiden im Red Car war nur inszeniert gewesen. Und das bedeutete, dass Mitch sie von Anfang an belogen hatte. Nichts an ihm war echt gewesen. Von dem Augenblick an, als sie sich kennen gelernt hatten.

Der Mann packte den Türgriff. Slim drückte den Verriegelungsknopf herunter, trat das Gas durch, ließ den Mann hinter sich. Ihr Wagen schoss vorwärts und direkt auf die Müllcontainer zu. Verzweifelt riss sie das Steuer herum, und der Wagen geriet ins Schleudern und schlitterte an dem riesigen Metallkasten entlang.

Mitchs Kumpel rannte auf sein Auto zu, den Chevy Suburban, den Slim schon vorher bemerkt hatte. Er war hinter ein paar Büschen versteckt. Das gab Slim die Zeit, über eine Betoneinfassung zu rumpeln und wieder auf die Straße zu gelangen.

Während der Mann in seinen Suburban sprang, fuhr Slim, die erst halb angezogen war, weiter und versuchte gleichzeitig einen Blick auf ihre Tochter zu werfen, die auf dem Rücksitz saß, aber die Verriegelung nicht heruntergedrückt hatte.

»Drück den Knopf runter! Schnell –«

Gracie versuchte es. »Fahr langsamer«, brüllte sie, »sonst kann ich nicht –«

»Ich kann nicht langsamer fahren!«, rief ihre Mutter zurück.

»Wer war das?«, wollte Gracie wissen.

Slim schaute in den Rückspiegel. »Ich weiß es nicht; es war ein –«

Er verfolgte sie. »O verflucht!«, knurrte sie und fuhr noch schneller.

Er blieb auf ihrer Spur, jagte sie, zwang sie, über schmale, mit Schlaglöchern übersäte Seitenstraßen zu rasen und Stoppschilder und rote Ampeln zu ignorieren. Vollkommen verängstigt, weil sie so schnell und gefährlich fahren musste, umklammerte Slim das Lenkrad und sagte Gracie, die auf dem Rücksitz laut schrie, immer wieder, dass sie sich zusammennehmen sollte, dass schon alles wieder gut werden würde.

»Halte durch, mein Schatz.« Slim biss die Zähne zusammen. »Mommy hat einen Plan.« Sie hatte gehofft, ihn nie anwenden zu müssen, aber nun war sie froh, sich auch auf das Schlimmste vorbereitet zu haben.

Inzwischen strengte sich Gracie an, tapfer zu sein, aber Slim wusste, wie unmöglich das war. Gracie war noch keine fünf Jahre alt und hatte gerade gesehen, wie ihr Vater versuchte, ihre Mutter zu erwürgen, und war von ihm an die Wand geschleudert worden. Dann hatte ihre entsetzte Mutter sie gepackt und war geflüchtet. Und nun saß sie hinten in einem wild dahinrasenden Auto, in dem sie versuchten, einem Wahnsinnigen zu entkommen, der sie wahrscheinlich umbringen wollte. Also schrie sie. Sie schrie, bis sie weit aus der Stadt heraus und auf schmalen, gewundenen Landstraßen waren.

Mitchs Kumpel in seinem Suburban blieb dicht hinter ihnen, und schließlich fuhr er auf den Taurus auf und schob ihn halb von der Straße. Der Mann brüllte Slim zu, sie sollte anhalten, und er versuchte wieder und wieder, sie von der Straße zu drängen. Gracie hielt sich die Augen zu und kreischte. Slim kam immer wieder zurück auf die Straße, die kaum mehr als ein Feldweg war, und rang darum, nicht vollkommen die Nerven zu verlieren, als dieser Weg sich zu einer einzigen Spur verengte.

Gracie spähte durch die Finger und schrie: »Mom! Es soll aufhören!«

Vor ihnen lag eine Baustelle. Eine Stahlbrücke, deren Streben repariert wurden, spannte sich über eine tiefe Schlucht. Eine Metallschranke sperrte den Zugang zur Brücke, niedrig genug, dass ein größerer Wagen daran hängen bleiben würde, aber, Slim hoffte, dass sie sich mit ihrem Taurus gerade eben noch darunter hindurchzwängen konnte. »Mommy, nein!«, brüllte Gracie, als Slim das Gaspedal durchtrat und auf die Brücke zuraste.

Ein rascher Blick in den Spiegel zeigte ihr das Gesicht des Mannes, konzentriert, selbstsicher und voller Blutdurst. Dann veränderte sich seine Miene. Er riss die Augen auf, als er zu spät erkannte, dass die Stahlschranke, die die Brücke abriegelte, zu niedrig für seinen Wagen war –

Die Schranke kratzte über das Dach des Taurus und ließ Funken auffliegen.

Der Suburban raste direkt in die Schranke hinein, die die Windschutzscheibe traf und den Stahlrahmen des Wagens zusammendrückte. Gracie schaute zurück zu dem demolierten Auto, dann sah sie ihre Mutter an. »Mom«, erklärte sie atemlos, »das war aber gefährlich!«

Der Mann kroch blutend und zornig aus seinem Auto. Das Letzte, was Slim im Rückspiegel von ihm sah, war, wie er mit den Fäusten aufs Dach des Wracks einschlug und offenbar laut fluchte.

Da Mitchs Kumpel nun aus dem Weg war, hätte Slim sich ein wenig Ruhe gönnen können, aber das tat sie nicht. Sie raste weiter übers Land und hielt dabei ein einseitiges Gespräch mit Gracie aufrecht. Das Kind hatte zwar aufgehört zu schreien, aber nun starrte es nur wortlos geradeaus und sah schrecklich müde aus.

»Kleines, wir müssen nur noch einmal anhalten, okay? Danach werden wir nicht mehr so schnell fahren. Halte noch ein Weilchen durch, Toots. Und vertrau mir. Ist alles in Ordnung, Gracie? Das war ziemlich schrecklich, nicht wahr? Aber bald ist alles wieder gut. Nur noch eine Minute …«

Slim fuhr einen Feldweg entlang und hielt dann hinter einer Scheune an. Sie sprang aus dem Taurus und rannte auf einen weißen 78er Oldsmobile zu, der unter einem Wellblechdach stand. Unter dem Wagen tastete sie nach den Schlüsseln, fand sie, öffnete den Kofferraum des Olds und warf »Erins« kleinen Koffer zu zwei größeren Taschen dort. Sie rannte nach vorn, griff unter den Fahrersitz, holte eine Brieftasche heraus, überprüfte den Inhalt, lächelte dankbar und gestattete sich endlich, tief Luft zu holen.

Fünfzehn Minuten später, auf einer leeren zweispurigen Straße, holte Slim eine rote Perücke aus dem Handschuhfach. Sie setzte sie so gut wie möglich auf und versuchte, mit einer Hand die Strähnen ihres kurzen rötlich braunen Haars darunter zu schieben. »Also gut, Toots«, sagte sie zu Gracie, die nun auf dem Rücksitz des Olds angeschnallt war. »Jetzt können wir reden.«

Queen E starrte sie an. Das Kichern, jeder Funke von Lebendigkeit, die Schalkhaftigkeit, sogar der Zorn, der hin und wieder in ihren Augen aufflackerte – all das war verschwunden.

»Soll ich dir erklären, was passiert ist?«, fragte Slim.

Ihre Tochter blinzelte, dann schüttelte sie den Kopf.

»Also gut. Nur eine Sache musst du wissen«, erklärte sie sanft. »Das mit Erin ist vorbei.«

Ausdruckslos sagte das Kind: »Ich mochte Erin.«

Slim nickte traurig. Sie hatte Erin auch gemocht. »Und du bist auch nicht mehr die Königin von England.«

Gracie nickte und starrte aus dem Fenster. »Ich hab Hunger«, sagte sie leise.

Sie waren nach Süden gefahren. Die Stadt, in der sie sich nun befanden, war sonnig und freundlich und klein. In der Mitte gab es ein paar Geschäfte und einen gepflegten öffentlichen Platz. Als Slim dort parkte, bemerkte sie das Messingschild von Toller, Doyle und Wechsler, Anwälte. Auf der anderen Seite des Platzes gab es ein kleines Café.

Slim, immer noch mit der roten Perücke, schob das Essen auf dem Teller hin und her und versuchte darüber nachzudenken, was sie als Nächstes tun sollte. Gracie schlang ihr Essen gierig in sich hinein. Der Kampf mit Mitch hatte von beiden einen gewaltigen Zoll gefordert. Slims ganzer Körper tat weh. Ihr Hals schmerzte, und er hatte rote Flecken, wo Mitch seine Finger in ihr Fleisch gedrückt hatte. Außerdem war sie ein paar Mal fest gegen Wände geschleudert worden.

Die Kellnerin, der aufgefallen war, dass Slim nichts aß, kam an den Tisch, die Kaffeekanne in der Hand. »Alles in Ordnung?«, fragte sie freundlich.

Slim nickte. »Ja, alles in Ordnung.«

»Heh, Kleine«, sagte die Frau zu Gracie. »Ich heiße Millie, und wie heißt du?«

Gracie starrte ihre Mutter an, dann zuckte sie die Achseln. »Weiß nicht«, antwortete sie.

»Sie arbeitet noch daran«, erklärte Slim der verblüfften Frau.

Nachdem die Kellnerin gegangen war, sagte Gracie mit dieser neuen ausdruckslosen Stimme: »Vielleicht könnte ich diesmal was ganz Gewöhnliches sein. Wie zum Beispiel Mary oder Hassam.« Als Slim nicht reagierte, sagte Gracie: »Mom?«

»Ich denke nach«, antwortete Slim zerstreut.

»Ja«, sagte Gracie. »Das kann ich hören.«

Sie gingen die Treppe des gepflegten Ziegelgebäudes auf der anderen Seite des Platzes hinauf und betraten das Anwaltsbüro. Slim setzte Gracie auf ein schwarzes Ledersofa im Empfangsbereich und flüsterte ihr zu: »Ist es in Ordnung, wenn du hier auf mich wartest?«

Gracie nickte wie betäubt und starrte ihren Schoß an. Slim streckte die Hand aus, um ihrer Tochter übers Haar zu streichen, aber die Kleine wich ihr aus. »Ich komme gleich wieder«, versprach sie und sah das verloren wirkende Kind noch einen Augenblick lang an. Der Anblick zerriss ihr beinahe das Herz, aber es gab ihr auch Mut. Sie ging zum Tisch der Empfangsdame und sagte: »Hallo. Spricht Mr. Toller gerade mit einem Klienten?«

»Nein, aber er –«, begann die geschmackvoll gekleidete blonde Frau.

»Ich bin nicht verrückt«, sagte Slim, als könnte das erklären, was sie als Nächstes tat: Sie ging einfach an der Frau vorbei und öffnete die Tür hinter ihr, auf der »James Toller, ESQ« stand.

Die Blonde sprang auf, ebenso wie eine kräftigere Frau an einem zweiten Schreibtisch. Aber Slim war bereits drinnen und stand vor dem überraschten, aber selbstsicheren Anwalt. Jim Toller war Anfang Sechzig. Er trug ein teures weißes Hemd, das von blauen Hosenträgern ein wenig verknittert wurde. Ein ordentlich geschnittener, distinguierter weißer Bart und sein kurz geschnittenes weißes Haar hoben sich deutlich von seiner braunen Haut ab. Er wirkte wie jemand, der üblicherweise recht freundlich dreinschaute, aber nun hatte er die Stirn missbilligend gerunzelt.

»Ich weiß nicht, wo man Ihnen diese Manieren beigebracht hat, junge Dame«, sagte er mit einem Hauch von Südstaatenakzent, »aber so werden Sie sich meine Aufmerksamkeit nicht verschaffen können.«

»Das weiß ich.« Slim lächelte, so gut sie konnte. »Aber ich bin verzweifelt.« Sie sah sich rasch um, bemerkte, dass sie die Frauen von der Tür aus beobachteten und auf Tollers Zeichen warteten, was sie tun sollten. »Eine Kellnerin aus dem Café drüben, Millie Soundso, hat Sie mir empfohlen. Sie haben ihrem Mann bei … ich weiß nicht, einer Klage eines ehemaligen Geschäftspartners oder so geholfen.«

Sie wühlte in ihrer Handtasche. »Mein Mann versucht mich umzubringen, und ich muss mit jemandem reden, der sich auskennt, okay? Jedenfalls besser auskennt als ich.« Sie holte eine unordentliche Hand voll Geldscheine aus der Tasche und schob sie ihm über den Schreibtisch hinweg zu. »Das ist alles, was ich habe. Na ja, alles bis auf zwanzig. Es sind beinahe fünfhundert, und sie können alles haben, wenn sie sich nur einmal anhören, was … was passiert ist. Nur zwei Minuten, okay? Bitte!«

Sie war so leidenschaftlich und so sichtlich verzweifelt, dass er neugierig wurde. Gegen jede Vernunft bedeutete Toller seinen Assistentinnen zu gehen. Die Frauen verließen das Büro, ließen die Tür aber vorsichtshalber einen Spalt weit offen.

»Äh, die kleine Person«, erinnerte Slim sie, denn sie wollte nicht, dass Gracie das Gespräch mit anhörte.

Die blonde Frau nickte und schloss die Tür ganz.

Jim Toller tat, um was sie ihn gebeten hatte. Er hörte zu. Er legte die Fingerkuppen aneinander, beugte sich vor und nahm jedes Wort sehr konzentriert auf. Während ihres gesamten Berichts verzog er keine Miene. Und als sie fertig war, starrte er die Scheine an, die sie auf seinen Tisch gelegt hatte, und lehnte sich zurück.

»Seien Sie nicht böse, wenn ich es so direkt ausdrücke«, sagte er leise und nicht unfreundlich, »aber ich hoffe, Sie hatten auch irgendwann mal was von der Sache, denn inzwischen haben Sie sich ordentlich in die Scheiße geritten.« Slim schloss die Augen vor Angst und spürte, wie die ersten Tränen flossen.

»Sie hatten zwei Gelegenheiten, Anzeige zu erstatten.« Toller stand auf und begann, auf und ab zu gehen, ohne Slim dabei aus den Augen zu lassen. »Zwei Gelegenheiten, zur Polizei zu gehen und seine Gewalttätigkeit zu bezeugen. Sie haben beide ignoriert. Und das sagt ihm nur, dass er weitermachen soll, bis er sie umbringen kann.«

Verdutzt blickte sie auf.

»Was Ihre Tochter angeht, Gracie –« Er hockte sich auf die Schreibtischkante. »Hatten Sie vor, zu der Anhörung wegen des Sorgerechts zu gehen?«

»Ja, Sir«, erwiderte Slim.

»Gut.« Toller nickte. »Denn wenn Sie das nicht tun, wird der Richter Sie offiziell zur Fahndung ausschreiben, und Sie werden eine Flüchtige sein. Aber wenn Sie hingehen, wird Ihr Mann Sie, wie Sie sagen, als Drogenabhängige darstellen.«

Er ließ das ein wenig einwirken, dann fügte er hinzu: »Und nach allem, was ich weiß, könnten Sie das durchaus auch sein; so, wie Sie hier einfach hereingestürzt kommen. Ich würde sagen, Ihr Angreifer hat eine gute Chance, das alleinige Sorgerecht zu erhalten. Wenn es Ihnen nichts ausmacht …« Der Anwalt schob ihr das Geld wieder zu, setzte sich auf seinen Stuhl und machte sich wieder an die Arbeit.

Slim war verblüfft. »Das ist alles? Sie werden mir nicht helfen?«

»Ich habe doch gerade versucht, Ihnen zu erklären, dass es zu spät ist. Es gibt niemanden mehr, der Ihnen helfen kann.«

Sie starrte ihn an. Seine Worte wirkten noch viel tödlicher, viel endgültiger, weil sie von einem vollkommen Fremden stammten. Slim war klar, dass sie nun aufstehen und gehen sollte, aber sie konnte sich nicht bewegen.

Toller sah sie an. Etwas fiel ihm ein. Er dachte darüber nach, ob er ihr seine Überlegungen mitteilen sollte oder nicht, und dann rang er sich schließlich dazu durch: »Ich sollte Ihnen lieber sagen, dass diese Anhörung wahrscheinlich ein Trick ist.«

Slim wartete darauf, dass er das weiter ausführte. Vorsichtig zog er eine Zwanzig-Dollar-Note aus dem Stapel, den sie noch nicht wieder eingepackt hatte. Er zeigte sie ihr, damit sie begriff, dass er ihr nun einen wertvollen Rat geben würde. Einen Rat, für den sie zahlte.

»Diese Anhörung – da geht es nicht um das Sorgerecht. Er will Sie einfach nur finden. Sie sollen zu einem bestimmten Zeitpunkt an einem bestimmten Ort sein, damit seine Leute Sie verfolgen können.« Er sah sie an, abermals ohne mit der Wimper zu zucken. »Und dann kann er dorthin kommen … und Sie töten.«

Sie blinzelte. *O Gott*, dachte sie. *Aber selbstverständlich*. Er hatte Recht.

Slim verbrachte den Rest des Tages überwiegend damit, in der kleinen Stadt herumzulaufen, gefolgt von einer schweigenden Gracie, die sich nicht für den neuen Zeichenblock oder das Malbuch oder die asiatischen Puppen im Fenster des Spielzeuggeschäfts oder die Pralinen, die wie Mäuse aussahen, interessierte.

Nein, es war noch nicht zu spät, sagte sie sich immer wieder. Mr. Toller kannte sich mit den Gesetzen aus, aber er kannte Slim nicht. Es musste doch noch etwas geben, was sie tun konnte! Sie konnte mit Verzweiflung umgehen, aber nicht mit einer Niederlage. Nicht, wenn das bedeuten würde, Gracie zu verlieren.

Sie hielt sich nicht für besonders klug und auch nicht für besonders mutig. Und sie war nicht stark, jedenfalls nicht körperlich. Nicht verglichen mit Mitch, der fünfzig Kilo schwerer war als sie und einen ganzen Kopf größer. Aber allein zurechtkommen zu müssen, die Einrichtung des neuen Hauses, das Herumschleppen von Möbeln und Lebensmitteln und von Gracie hatte ihr ein paar neue Muskeln und viel Einfallsreichtum beschert.

Toller hatte von ihren legalen Möglichkeiten gesprochen. Aber wer sagte denn, dass das Überleben und der Schutz ihres Kindes eine vollkommen legale Angelegenheit sein mussten?

Zuvor an diesem Tag hatte Gracie nicht wissen wollen, was passiert war. Aber es gab ein paar Dinge, die Slim ihrer Tochter mitteilen wollte. Also gestattete sie ihr an diesem Abend zum ersten Mal, sich auf dem Beifahrersitz zusammenzurollen, und sagte, was sie zu sagen hatte, ob Gracie das hörte oder nicht.

Es war spät, und es waren nur noch wenige Autos unterwegs. Gracie schlief bereits, als Slim alles fertig durchdacht hatte. Ein Teil dieses Plans bedingte, dass Gracie und sie sich eine Weile trennen mussten. Zumindest hoffte Slim, dass es nur eine Weile sein würde. Wenn sie einen Fehler machte – was sie nicht tun würde, wie sie sich selbst immer wieder versicherte –, dann bestand die Kehrseite ihres Plans darin, dass dies der letzte Tag sein könnte, den sie miteinander verbringen würden.

Slim warf einen Blick auf ihre Tochter, dann konzentrierte sie sich wieder auf die Straße. Mit einer Hand jedoch streichelte sie die Wange des schlafenden Kindes. »Ich muss dir etwas erzählen, Gracie. Seit du zur Welt gekommen bist … nun, eines Tages habe ich angefangen, über die schrecklichen Dinge nachzudenken, die dir passieren könnten. Ja, ich weiß, ich weiß«, sagte Slim, als hörte Gracie wirklich zu. »Ziemlich verrückt, wie? Aber das habe ich getan. Ich habe an … an Menschen gedacht, die du lieben würdest, die aber sterben würden … oder die dich verlassen, verraten, dir das Herz brechen würden …«

Gracie regte sich. Mit einer Hand zupfte Slim das Sweatshirt zurecht, mit dem sie das Kind zugedeckt hatte, zog es über Gracies Schultern und schob es um ihre nackten Füße. »Ich habe an gebrochene Knochen gedacht und an Krankheiten und an Männer, die dir irgendwie wehtun würden. Und ich dachte, wenn ich dich nur davor schützen könnte, auch nur ein einziges Mal, vor nur einem diese Dinge … wenn ich selbst einen Teil dieser Verletzungen an deiner Stelle erleiden könnte …«

Slim seufzte. Es würde nicht leicht sein. »Na gut, Gracie«, sagte sie. »Jetzt geht es also los.«

TEIL DREI
KAMPF

Abschied

Haltet euch an den Händen, hier ist es voll«, rief Ginny ihren Kindern zu, als sie sich durch die geschäftige Flughafenhalle drängten, auf der Suche nach der Reihe von Münzfernsprechern, die Slim ihr angegeben hatte. Schon während sie auf die Telefone zueilte, fing eins davon an zu klingeln. »Hört auf, euch um dieses Ding zu streiten«, mahnte sie ihren Sohn und ihre Tochter. »Sonst macht ihr es noch kaputt.« Gereizt griff sie nach dem Hörer. »Das hier ist das Lächerlichste, was ich je getan habe«, knurrte sie.

»Ach ja? Und wie war das mit Horace?«, erklang Slims Stimme.

Ginny warf einen Blick zu ihren Kindern, die sich mit einer Leidenschaft um eine grüne Plastikfigur stritten, wie sie Horace, ihr Ex, nur für Bier aufgebracht hatte. »Na gut«, gab sie zu und musste lächeln, »das Zweitlächerlichste.«

Slim lachte, dann nahm sie sich zusammen und sagte: »Gin, miete dir ein Auto, fahr nach Reno und flieg von dort aus nach San Jose.«

Ginny riss verblüfft den Mund auf. »Du hast den Verstand verloren.«

»Oh, du hast es endlich bemerkt«, kicherte Slim, dann legte sie auf.

Ginny starrte den Hörer an, schüttelte ungläubig den Kopf und legte ebenfalls auf. Dann scheuchte sie ihre Kinder zur Autovermietung im Flughaften. Ein paar Minuten später waren sie wieder im Parkhaus und luden ihre Taschen in den Kofferraum eines schimmernden Kleinwagens. Als Ginny den Gepäckwagen zurück zur Schlange brachte, kam Slim hinter einer Betonsäule hervor.

Ginny keuchte erschrocken, dann erkannte sie ihre Freundin und umarmte sie. »O Gott – was machst du denn hier? Sieh dich bloß mal an.« Sie betrachtete Slims kurz geschnittenes Haar kritisch. »Ich dachte, wir fahren nach Reno.«

»Ich musste mich überzeugen, dass man euch nicht verfolgt«, erklärte Slim. »Gott, es ist so schön, dich wiederzusehen!«

Ginny betrachtete immer noch Slims Haar. »Gefällt mir«, stellte sie fest. »Irgendwie jedenfalls.« Dann bemerkte sie Gracie, die sehr still neben Slim stand. Sie kniete nieder und streckte die Arme aus. »Heh, Graceland!«

Zuerst sah Gracie sie nur blinzelnd an. Dann umarmte sie Ginny vorsichtig. »Geh schon. Die Kinder sind auf dem Rücksitz. Sie können es kaum erwarten, dich zu sehen.« Gehorsam ging Gracie zu dem Leihwagen. Ginny warf Slim einen Blick zu.

»Es ist sehr schwer für sie«, sagte Slim. Sie sah aus, als würde sie gleich anfangen zu weinen. »Aber es wird bald vorüber sein. Zumindest weiß ich, dass sie bei euch in Sicherheit sein und Spaß haben wird.«

»Ganz bestimmt. Ich und meine Kinder«, schnaubte Ginny. »Mehr Spaß geht überhaupt nicht.«

»Hier.« Slim reichte ihr eine Brieftasche. »Kreditkarte, Bargeld, Flugtickets. Ich bezahle alles, aber du darfst nicht zu Hause oder bei Phil anrufen, okay? Betrachte es einfach als diese zwei Monate bezahlten Urlaub, die du schon immer haben wolltest.« Sie wandte sich Gracie zu, die gerade dazu ansetzte, ins Auto zu steigen. »Toots?«

Gracie sah sie an, dann versuchte sie weiter hineinzuklettern, aber Slim zog sie wieder heraus und umarmte sie. Sie hielt sie so lange fest, wie Gracie sich nicht wehrte, dann sah sie zu, wie ihre Tochter zu Ginnys Kindern auf den Rücksitz stieg.

»Ich hab dich lieb, Toots«, murmelte sie ihr durch das Fenster zu. Tränen traten ihr in die Augen.

»Pass gut auf sie auf, ja?«, sagte sie leise zu Ginny, »Und wenn du mich erreichen musst –« Sie reichte Ginny ein Handy. »Ruf nur sonst niemanden an, den du kennst.«

»Keine Sorge. Jimmy wird ihr beibringen, wie man hinter dem Rücken dribbelt; bis du sie wieder siehst, wird sie –«

»Ja, danke«, sagte Slim. »Wenn du mich erreichen willst, meine Nummer ist auf der ersten Kurzwahltaste. Oder ich rufe dich an. Alle Anrufe müssen kürzer als fünfzehn Sekunden sein. Okay?«

»Okay«, erwiderte Ginny.

»Viel Spaß.«

»Slim«, rief ihr ihre Freundin nach, als sie sich auf den Weg machte. »Wie lange?«

»Die Anhörung wegen des Sorgerechts ist Ende nächsten Monats. Das ist mein Stichtag.«

»Stichtag für was?«, fragte Ginny.

Slim sah sie nur an.

»Alles.«

Wissen

Slim bewegte sich in einem kontrollierten Rhythmus von einer Seite zur anderen. Ihre Geschwindigkeit war verblüffend; ihre Augen waren starr und so glasig, wie es die von Gracie gewesen waren.

»Ich sagte, bist du bereit?« Eine tiefe, wohlklingende Männerstimme hallte durch die Sporthalle.

»Ja«, sagte Slim und reckte Hals und Arme.

Sie umkreisten einander, griffen an, jeder versuchte, den anderen aus dem Gleichgewicht zu bringen. Der Mann war erheblich größer und schwerer als Mitch und schien nur aus Muskeln zu bestehen. Er hatte seit Jahrzehnten trainiert. Slim arbeitete seit dreieinhalb Wochen mit ihm.

»Ich brauche jemanden, der wirklich gut ist«, hatte sie Jupiter gesagt.

»Wie wäre es mit etwas Besserem als das?«, hatte ihr Vater vorgeschlagen. »Wie wäre es mit dem Besten?«

Und das war dieser Mann.

Ein sanftmütiger Riese, hatte Slim zunächst gedacht.

»Ein Killer«, hatte Jupiter gesagt. »Aber legal. Er hat es für Onkel Sam getan.«

Wenn es für jemanden möglich war, beides zu sein, dann war ihr Lehrer mit seiner glänzenden kohleschwarzen Haut und der leise befehlenden Stimme dieser Mann.

Slim schlug zu. Ihr Arm schoss vorwärts und wieder

zurück, vorwärts und wieder zurück. Sie brauchte dabei nicht mehr zu denken. Sobald sie eine Bewegung begann, übernahm ihr Körper die Kontrolle. Fragen, wie fest, wie hart sie schlagen sollte, dürfte, müsste, existierten nicht mehr. Jede Bewegung war durchgehend, final.

»Sicher?«, fragte er.

Sie hatte ihn schon seit Wochen geschlagen. Einmal mit der Faust, das nächste Mal mit der offenen Hand, dann mit einem Hammerstoß. Sie wiederholte die Sequenz wieder und wieder. Ihre Hände taten nicht mehr weh. Ihre Arme und Schultern taten nicht mehr weh. Sie traf ihren Lehrer jetzt häufig, und nicht, weil er es geschehen ließ.

»Mhm«, antwortete Slim, die sich immer noch konzentrierte, gleichmäßig atmete, geradeaus starrte.

Stundenlang hatte sie die Hand mit ausgestreckten Fingern in halbierte Grapefruits gestoßen. Wohin immer er die Hälfte hielt, wie schnell er sie auch bewegte, sie traf sie – durchstieß sie mit Zeige- und Mittelfinger oder beiden Daumen. Sie konnte einem Medizinball ausweichen oder ihn ablenken. Sie konnte unter den Schlägen ihres Lehrers hindurchschlüpfen.

Anfangs hatte sie, wenn er sie mit seinen gepolsterten Handschuhen geschlagen hatte, hyperventiliert, sich geduckt, das Gleichgewicht verloren; sie war ausgerutscht und hingefallen. In dieser Woche konnte er sich allerdings auf sie stürzen, sie schlagen, mit dem Knie nach ihr stoßen, sie festzunageln versuchen, sie von einer Seite zur anderen schubsen, alles in dem Versuch, sie aus dem inneren Gleichgewicht zu bringen – und es gelang ihm nicht.

Sobald er nachließ, schlug sie zurück, traf die Handschuhe.

»Kannst du verlieren?« Seine Frage hallte laut wider.

»Nein«, antwortete sie.

»Kann er dir wehtun?«

Als er sie das zum ersten Mal gefragt hatte, hatte Slim an Gracie gedacht, daran, wie es sein würde, ohne sie zu leben, wie es sein würde, wenn Mitch die Kleine hätte und die Beherrschung verlieren würde, wenn das dünne Band, das ihn zusammenhielt, endgültig riss. Was würde geschehen, wenn das passierte und Gracie im Weg war?

Aber in den Wochen, seit sie begonnen hatte, mit diesem Meister zu arbeiten, waren solche Möglichkeiten zusammen mit der Frau gestorben, die jemandem gestattet hatte, sie zu schlagen.

»Nein«, antwortete sie nun.

»Obwohl er größer ist?«

»Er ist viel größer.«

Er hatte sie umkreist und sie mit einem Lederpolster geschubst, zum Zeichen, dass sie angreifen sollte. Und das tat sie. Sie versetzte dem Polster, das er hielt, einen Schlag nach dem anderen.

»Obwohl er stärker ist?«, fragte der Meister.

»Er ist viel stärker«, erwiderte Slim.

Er hatte sich auf ihre Kehle konzentriert, beinahe genauso wie Mitch es getan hatte. Das erste Mal war die Erinnerung so intensiv gewesen, dass sie beinahe das Bewusstsein verloren hätte. Nun stand sie mit dem Rücken an der Wand, seine Hände an ihrer Kehle, und sie wusste, wie sie seinen Griff brechen musste. Sie riss den Arm über seine Arme und schob sie aus dem Weg.

Sie stieß ihm erst einen, dann den anderen Ellbogen ins Gesicht. Als er vornüber sackte, kam ihr Knie seinem Kopf schon entgegen.

»Und wie willst du gewinnen?«

In der letzten Woche hatte sie noch gemurmelt, aber nun erklärte sie laut und deutlich: »Ich greife an.«

Sie hatten sich gegenübergestanden, die Hände erhoben. Seine Hände waren beinahe doppelt so groß wie ihre und erhoben sich weit über ihr. Mit ihren Händen allein hatten sie versucht, einander aus dem Gleichgewicht zu bringen. Es hatte Slim zwanzig, vielleicht fünfundzwanzig Versuche gekostet, ihn auch nur ein einziges Mal rückwärts taumeln zu lassen.

»Und was machst du, nachdem du angegriffen hast?«, fragte er.

»Nichts«, sagte Slim

»Warum nicht?«

»Weil ich nicht aufhöre anzugreifen!«

Sie saß auf einer Matte und starrte ins Leere; ihre Miene war gleichmütig, ihr Atem tief und regelmäßig. Der Lehrer saß direkt hinter ihr.

»Noch eine letzte Lektion, die schwierigste: Wir können das Universum nicht beherrschen.«

Diese Worte überraschten sie. Eine Sekunde lang geriet ihre Konzentration ins Wanken.

Er war aufgestanden und bewegte sich langsam, umkreiste sie sehr, sehr langsam. »Plötzlich kommt seine Haushälterin herein. Du bist einen Augenblick abgelenkt, und er schlägt dich –«

»Das ist unmöglich«, sagte Slim.

Er sah sie direkt an. »Um zu gewinnen, müssen wir auch auf das Unmögliche vorbereitet sein.«

Slim starrte ihn an. Was sie da hörte, gefiel ihr nicht. Es widersprach allem, wofür sie gearbeitet hatte.

»Wir können das Universum unserem Willen unterwerfen«, fuhr er fort, »aber nur bis zu einem bestimmten Grad.«

Sie glaubte zu wissen, was er meinte. Was, wenn … was, wenn Mitch sie irgendwie überraschen konnte, sie aus dem Gleichgewicht brachte, sie niederschlug? Was, wenn sie plötzlich in der Defensive wäre statt in der Offensive, wie sie es all diese Wochen geübt hatte?

»Du sagst also …?«, begann sie.

Er nickte. »Ja«, erwiderte er und tätschelte die Matte zum Zeichen, dass sie sich hinlegen sollte.

Widerstrebend tat sie das.

»Du liegst am Boden«, sagte er. »Er hat es offenbar geschafft. Du bist scheinbar geschlagen.« Er fuhr mit der Hand über ihr Gesicht, zwang sie, die Augen zu schließen. »Aber hör zu. Konzentriere dich auf meine Stimme.«

Als sie nickte, stand er beinahe unmerklich auf. »Er beugt sich über dich, er glaubt, dass er gewonnen hat … und so sicher, wie er ein Feigling ist, wird er versuchen, dich zu treten.«

»Ja«, erwiderte sie leise.

»Und weil du weißt, was er tun wird, lächelst du innerlich.«

Ihr Gesicht war ausdruckslos, ihre Augen immer noch geschlossen, aber etwas hatte sich verändert. Als der Lehrer den Fuß zurückzog, als wollte er sie treten, kehrten ihr Selbstvertrauen und ihre Gelassenheit zurück.

Dressed to Kill

Nicht mehr im Trainingsanzug, sondern makellos gekleidet betrat Slim das Loft und ging direkt durch in Jupiters Büro.

Er stand an seinem Schreibtisch. »Hallo«, grüßte er sie und blickte auf. »Du bist ein ganz anderer Mensch.«

»Und?« Es war schwierig, zwischen diesen Situationen hin und her zu schalten. Sie hatte so lange gekämpft. Und nicht nur in der Sporthalle, wurde ihr jetzt klar. Sie war den größten Teil ihres Lebens irgendwie in der Defensive gewesen.

»Wie ist der Mann, zu dem ich dich geschickt habe?«

»Gut«, erwiderte Slim.

»Hat er dir beigebracht, wie man denkt?«

Das war nicht die Frage, die sie erwartet hatte. Es war interessanter und komplizierter. »Ich hoffe doch«, antwortete sie, und bevor er noch mehr sagen konnte, fragte sie: »Hast du Mitch gefunden?«

Jupiter nickte und reichte ihr ein Stück Papier. »Er hat das Haus verkauft und wohnt jetzt in einem Loft in der Nähe der Marina.«

»Marina Del Rey.« Slim nickte, faltete das Papier zusammen, steckte es in die Tasche.

»Wie kommst du mit Alex weiter?«

Sie schaute auf die Uhr. »Das werde ich in fünfundzwanzig Minuten wissen. Ich brauche auch noch eine Frau, die so aussieht wie ich«, sagte sie, und dann begriff sie plötzlich, dass Jupiter Recht hatte, dass sie tatsächlich nun ein anderer Mensch war. Selbst sie fand, dass sie sich anders anhörte als früher. Fordernd, ohne jedes Zögern, geschäftsmäßig. Sie war nicht sicher, ob ihr das gefiel, aber im Augenblick war es einfach notwendig. »Eine Polizistin außer Dienst oder so. Einssechzig, zweiundfünfzig Kilo. Haar wie meins, aber kürzer, und sie sollte eine dunkle Hose und weiße Nikes tagen.«

Sie reichte ihm einen Schlüssel. »Ich habe ihr ein Zimmer im Washington Square Inn gemietet.«

Jupiter war beeindruckt. »Wozu soll sie gut sein?«

Widerstrebend erklärte Slim: »Mitch soll glauben, dass ich hier in San Francisco bin. Sie soll mich um viertel vor sechs oben im Vesuvio-Buchladen treffen.«

»Heute Abend?« Er kratzte sich den Kopf, runzelte in gespieltem Zweifel die Stirn. »Das ist ziemlich bald. Ich weiß nicht, ob ich –«

»Wie bitte?«, fragte Slim. »Ich dachte, Jupiter wäre der allmächtige Götterkönig?« Sie drehte sich um, um zu gehen, aber dann schaute sie noch einmal über die Schulter. »Ach ja. Noch eins. Irgendwann … nicht jetzt, das wäre zu aufgesetzt … aber irgendwann solltest du anerkennen, dass ich deine Tochter bin.«

Dann ging sie davon, und sie wusste, ohne noch einmal hinsehen zu müssen, dass er grinste.

Als Nächstes suchte sie einen Elektronikladen auf. Slim hatte einen Einkaufszettel. Der letzte Kauf war der teuerste. »Sind Sie sicher, dass es funktionieren wird?«, fragte sie den Angestellten, als sie ihm die Kreditkarte reichte.

»Darauf können Sie sich hundertprozentig verlassen«, erklärte er und druckte die Rechnung aus.

Slim sah ihn an, dann unterschrieb sie. »Genau das muss ich tun«, sagte sie, als er ihr die Ware in einer leuchtend roten Plastiktasche reichte.

Sie nahm ein Taxi zum Pier und rief von einem Münzfernsprecher aus in L.A. an.

»Bei Hiller«, meldete sich der Butler.

»Tony, könnten Sie Mrs. Hiller bitte ausrichten, dass ich sie heute so gegen vier Uhr anrufen werde?«

»Selbstverständlich, Miss Slim«, sagte er. »Mit Vergnügen.«

Sie wandte sich vom Telefon ab und sah, dass Alex schon wartete und sie beobachtete: ein eher kleiner Mann Ende Zwanzig, gebaut wie ein Hydrant, in einem dunklen Pullover, Jeans und einer Wollmütze. Er sah aus, wie man sich einen Seemann vorstellen würde, oder einen Gauner. Und das war schließlich auch gar nicht so falsch, dachte Slim und winkte ihm zu. »Alex.« Sie nickte.

Er kam zu ihr und sagte mit seinem so gemütlich klingenden englischen Akzent: »Heute ist deine Abschlussprüfung, mein Schatz.«

Sie fuhren nach Downtown San Francisco und parkten gegenüber von einem Striplokal.

»Ist es noch zu?«, fragte Slim ein wenig nervös.

»Bis sechs.« Er sprang aus dem Auto und ging auf die andere Seite, um ihr die Tür zu öffnen.

Sie starrte das Lokal an. »Und ich nehme an, die Besitzer sind keine sonderlich netten Leute«, sagte sie, als sie ausstieg.

»Darauf kannst du einen lassen«, stimmte Alex ihr zu.

Sie überquerten gemeinsam die Straße und gingen auf die Bar zu. »Warum hier?«, fragte Slim.

»Du hast geschickte Hände, und du hast schwer gearbeitet«, sagte er. »Der schwierige Teil besteht darin, nicht nervös zu werden.« Es war ein bisschen anders als kämpfen, hatte Alex ihr versichert, man brauchte andere Nerven dafür. Dennoch konnte sie auch hier brauchen, was sie gelernt hatte: die Konzentration, das Atmen, die Entschlossenheit.

Als sie den Eingang erreichten, wusste Slim, wieso er diesen Ort ausgewählt hatte, und wieso bei hellem Tageslicht. »Es geht um die Leute auf der Straße«, sagte sie und holte ihr Werkzeug heraus.

»Heute sind es Leute auf der Straße, morgen ist er es«, stimmte Alex zu. »Du musst reingehen, wenn der Alarm ausgeschaltet ist, und das bedeutet, dass er drin ist, dass er wach sein könnte –«

»Das ist mir klar, okay?«, sagte Slim und betrachtete das Sicherheitsschloss. »Fangen wir an.«

Alex bewegte sich ein bisschen, um die Sicht auf Slim zu blockieren, als sie sich vorbeugte und ein Werkzeug in das Schloss steckte. Sie arbeitete leise, konzentrierte sich auf das, was sie tat, aber nicht ohne die Aufmerksamkeit für ihre Umgebung zu verringern. Alex hielt lässig Wache. Bei Mitch würde er das nicht tun.

Sie spürte etwas im Schloss, aber gleichzeitig hörte sie auch jemanden kommen, gerade als Alex sagte: »Wir haben Gesellschaft, Schatz.«

Slim machte weiter.

»Vergiss es«, sagte Alex. »Du bist zu langsam.«

Im gleichen Augenblick öffnete Slim die Tür. Alex schaute nach unten, nickte. Sie schloss die Tür wieder und richtete sich auf, als ein rau aussehender Bursche, der vielleicht der Besitzer des Lokals war, rief: »He, was macht ihr da?«

Slim starrte ihn mit steinerner Miene an. »Wir hatten vor, uns was anzusehen«, sagte sie, »aber anscheinend ist noch zu.«

Er glaube ihnen nicht. Er starrte sie an. Alex nahm Slim am Arm, und sie schlenderten davon, überzeugt, dass der Mann sie sehr aufmerksam beobachtete. Aber als sie die Ecke erreicht hatten, hatte er schon aufgegeben und sah sich anderswo nach neuem Ärger um. Alex stieß einen anerkennenden Pfiff aus. »Das nenne ich Prüfung auch unter erhöhten Anforderungen bestanden.«

Slim grinste und sagte: »Ich glaube, jetzt werde ich erst mal feiern.«

Slim wartete auf ihre Maniküre. Sie saß in einem Sessel, ein Handtuch um das frisch gewaschene Haar geschlungen, das Handy am Ohr. Sie sprach mit Mitchs Mutter.

»Und wo ist Gracie?«, fragte Mrs. Hiller, genau wie Slim es sich vorgestellt hatte. Sie selbst hätte das Drehbuch nicht besser schreiben können.

»Sie kommt übermorgen, dann fliegen wir nach L.A. Ich denke, nach der Anhörung können wir vielleicht bei dir vorbeikommen.«

»Sag mir eins«, bat Mitchs Mutter. »Warum ist dieser Anruf so anders? Sonst hast du dir immer Gedanken darüber gemacht, wie lange wir miteinander sprechen.«

»Das war, als ich noch auf dem Land gewohnt habe, Mrs. H. Jetzt bin ich in einer großen Stadt, weil ich mich mit meinem Anwalt treffe, und hier gibt es Unmengen Handys –«

In diesem Augenblick fiel ihr etwas auf. Aus dem Fenster des Schönheitssalons sah sie ein Auto, das gerade angehalten hatte. Ein Mann in einer Lederjacke stieg aus. Er schaute zu dem Salon hin, griff dann nach dem Handy und telefonierte.

»Du könntest dir gar nicht vorstellen wie viele«, sagte Slim. »Mach dir keine Sorgen. Hier kann niemand den Anruf verfolgen.«

Er saß schon wieder im Auto, als sie den Schönheitssalon in einem hellen Trenchcoat, schwarzer Hose und weißen Nikes verließ. Der Lederjackenmann wartete ein paar Sekunden, dann stieg er aus und folgte ihr. Slim ging eilig weiter, dann bog sie in den Vesuvio-Buchladen ein.

Der Mann zögerte, unsicher, ob er nun folgen sollte oder nicht. Am Ende beschloss er, draußen zu warten. Er behielt den Buchladen im Auge, klappte sein Handy wieder auf und rief an. Er hatte kaum Hallo gesagt, als die Frau im hellen Mantel und den weißen Nikes wieder herauskamen. Der Mann klappte sein Handy zu und folgte ihr.

Slim verließ den Buchladen ein paar Minuten später ohne ihren Mantel und eilte in die andere Richtung. Sie war bereit. Sie war schon so gut wie weg.

Genug

Lange Zeit beobachtete Slim die Lichter, die sich im Wasser spiegelten. Es waren überwiegend Straßenlampen. Beinahe alle Fenster der schicken umgebauten Lagerhäuser an der Marina waren schon dunkel.

Das galt auch für Mitchs Fenster.

Sie hatte vom Erdgeschoss aus nach oben gezählt, dann vom Dach aus nach unten, und noch einmal von jeder Seite des hoch aufragenden Ziegelgebäudes. Aber das brauchte sie eigentlich nicht. Das dort waren seine Fenster, und er war in der Wohnung. Sie hatte gesehen, wie er die Außentreppe hinaufgegangen war und die Tür aufgeschlossen hatte. Das war vor drei Stunden gewesen, und es war ihm nicht leicht gefallen, wegen der Blonden, die an ihm hing, aber der gute alte Mitch war immer schon sehr geschickt gewesen.

Sie hatte gesehen, wie das Schlafzimmerlicht an- und dann wieder ausging, und dann noch einmal kurz an, als entweder Mitch oder die Blonde in die Küche gegangen war. Aber nun waren sämtliche Lampen schon seit mindestens einer Stunde aus.

Slim stellte ihre gelbe Reisetasche ab. Diese Tasche war schwer und beinahe so voll wie Slims Kopf. Jeder Gegenstand in der Tasche stand für fünf oder sechs Dinge, an die sie sich erinnern musste. Sie überprüfte noch einmal ihre Uhr. Es war eine Minute vergangen, seitdem sie das zum letzen Mal getan hatte. »Also los«, murmelte sie und streckte sich.

Sie zog den Reißverschluss der Tasche auf und holte

die Werkzeuge heraus, die Alex ihr gegeben hatte. Er wäre stolz auf sie gewesen. Sie brauchte nur fünf Minuten für die Haustür.

Slim hatte sich die Baupläne bereits im Internet besorgt, aber die Anlage der Wohnung war kompliziert. Und typisch Mitch. Hoch aufragende Betonwände, Metallstreben, seltsame Nischen, verborgene Ecken, Balkone für einen Tyrannen und Hightech-Geräte für alle Lebenslagen.

Schon die Eingangshalle war bizarr und ging auf einen Zwischenstock-Balkon zwischen der abgesenkten Küche und der Schlafzimmersuite mit der hohen Decke hinaus. Gegenüber der Haustür befand sich eine Zahlentastatur für die Alarmanlage. Ihr grünes Licht leuchtete im Dunkeln und zeigte an, dass das System eingeschaltet war. Slim brauchte einige Zeit, um den Alarm zu deaktivieren, aber sie schaffte es, und dann schlich sie hinauf in einen schmalen Speicher mit Dachbalken, von denen aus sie in das Zimmer hinunterspähen konnte, wo Mitch schlief.

Er regte sich, als sie die Tasche absetzte.

Er setzte sich auf, sah sich stirnrunzelnd um, legte den Kopf schief und lausche.

Über ihm war Slim erstarrt. Aber Mitch hatte etwas gehört, eine leise Bewegung in der Stille. Er stand auf, um nachzusehen.

Aus ihrer Ecke beobachtete Slim ihn und wunderte sich darüber, wie verwundbar er in seinen Boxershorts aussah. Sie war inzwischen an die große, massive Gestalt ihres Lehrers gewöhnt. Automatisch, beinahe objektiv, betrachtete sie Mitch, schätzte ihn ab, suchte nach Schwächen und begriff plötzlich, dass sie nun die Jägerin war, nicht mehr die Gejagte.

Nachdem er nichts mehr gehört hatte, kehrte Mitch ins Bett zurück. Das junge Mädchen neben ihm drehte sich um, murmelte etwas und schlief dann wieder ein. Mitch nicht. Er blieb noch lange mit offenen Augen liegen und lauschte.

Die Wohnung lag im vollen Tageslicht. Slim roch Kaffee. Als sie hinunterschaute, sah sie Mitch in der Küche, für die Arbeit gekleidet, wie er Kaffee trank. Die Blonde kam herein, und er bot ihr welchen an. Sie sagte, sie müsse nach Hause fahren und sich vor der Arbeit umziehen. Mitch nickte uninteressiert. »Ich rufe dich an«, sagte er und blickte dabei kaum auf.

Das Mädchen starrte ihn eine Sekunde lang an. »Willst du meine Nummer?«, fragte sie.

»Sicher.« Ohne hinzuschauen, nahm er den Zettel, auf den sie ihre Nummer notiert hatte. »Danke für alles«, sagte er.

»Ja, dir auch«, antwortete die junge Frau sarkastisch. »Ich wusste es wirklich zu schätzen.« Sie ging.

Mitch goss sich noch einen Kaffee ein und wählte eine Nummer auf dem Handy. »Lucy? Hallo«, sagte er. »Ja, ich habe lange gearbeitet.«

Obwohl er diese zuckersüße, gurrende Stimme einsetzte, konnte Slim seine Worte genau hören. Sie konnte sich auch an diesen Tonfall erinnern und an diese klebrig süße angebliche Ehrlichkeit, nach der sie sich einmal so gesehnt hatte.

»Heute Abend geht es auch nicht«, sagte Mitch. »Ich fliege früh am Morgen nach San Francisco.«

Slim, auf den Dachbalken, lauschte gespannt.

»Wenn es eine Vergnügungsreise wäre, würde ich dich doch mitnehmen! Nein, ich werde meine Tochter holen.«

Sie rührte sich nicht. Ihre Augen, ihr Mund blieben unbewegt, sie gestattete sich nicht einmal ein wissendes Lächeln.

»Ja, die Sorgerechtsanhörung findet hier statt, in der nächsten Woche«, sagte Mitch zu dieser Lucy, »aber es sieht so aus, als wäre Gracie in San Francisco, und Slim, meine Exfrau ... nun, sie ist offenbar verschwunden.«

Seine Worte waren ein Echo der Drohungen, die er ausgestoßen hatte, als er versucht hatte, sie im Flur zu erwürgen. Aber nun sprach er ganz neutral von Slims angeblichem Verschwinden, beinahe, als täte ihm seine bedauernswerte Exfrau Leid.

»Ja, einfach vom Erdboden verschluckt. Ich bezweifle, dass sie sie dieses Mal finden werden.«

Slim biss die Zähne zusammen. Die Worte des Anwalts hallten in ihrem Geist wider: *Diese Anhörung – da geht es nicht um das Sorgerecht. Er will Sie einfach nur finden. Und dann kann er dorthin kommen ... und Sie töten.*

Jetzt packte er seine Aktentasche, hatte das Telefon zwischen Hals und Schulter geklemmt. »Aber sicher, Baby. Ja, ich möchte, dass sie dich kennen lernt. Wir rufen dich an, wenn wir wieder da sind.« Er senkte seine Stimme, klang noch verführerischer, einschmeichelnder. »Ich dich auch«, sagte er und schaltete das Handy ab.

Schließlich ging er zur Tür. Slim wartete, bis er die

Alarmanlage eingeschaltet hatte. Sie wartete, bis die Haustür auf- und wieder zugegangen war, dann gab sie ihm noch zwei Minuten, um ganz sicher zu sein, bevor sie herunterkletterte und anfing, die Küche zu durchsuchen.

Er hatte die Kaffeemaschine angelassen. Slim zögerte, dann schaltete sie sie ab. Sie öffnete den Kühlschrank und suchte nach etwas zu essen, als sie den Alarm hörte. Ein Schlüssel drehte sich im Schloss.

Mitch war wieder da.

Slim duckte sich hinter den Küchenblock.

Sie konnte hören, wie Mitchs Schritte näher kamen. Sie wurden lauter. Slim rutschte um die Ecke des Blocks, als Mitch in die Küche kam – und direkt auf die Kaffeemaschine zuging.

Er sah die Maschine stirnrunzelnd an. Hatte er sie tatsächlich ausgeschaltet? Er lauschte noch einmal und wandte sich dann genau der Stelle zu, wo Slim einen Augenblick zuvor noch gehockt hatte.

Slim drückte sich an die Seite des Blocks und betete, dass er ihr Herz nicht rasen hörte. *Keinen Schritt mehr in diese Richtung,* flehte sie lautlos. *Geh einfach. Bitte.* All ihre Ausbildung, all ihre Pläne würden nichts wert sein, wenn er sie jetzt fand, auf dem Boden seiner Küche kauernd. Aus dem Augenwinkel erspähte sie ihre gelbe Reisetasche auf einem Sims in der Nähe. Sie hoffte, das Mitch sie von dort, wo er stand, nicht sehen konnte. *GEH!,* versuchte sie ihn mit reiner Willenskraft zu zwingen.

Nach den wohl längsten dreißig Sekunden in Slims Leben warf Mitch einen Blick auf die Uhr und eilte hinaus, wobei er nur noch einmal stehen blieb, um die Alarmanlage wieder einzuschalten.

Diesmal beobachtete Slim, wie er wegfuhr. Dann seufzte sie erleichtert, goss sich eine Tasse Kaffee ein und drückte die Kurzwahltaste auf ihrem Handy. »Ginny, ich bin drin.«

Bevor sie weitermachte, konzentrierte sie sich auf ihren Atem. Als sie wieder ruhig war, als der Sauerstoff wieder gleichmäßig zu ihrem Hirn floss, holte Slim ihre Tasche und machte sich an die Arbeit.

Sie überprüfte die Telefonleitung. Sie folgte ihr zu der Stelle, wo sie in die Wohnung kam, und unterbrach sie. Sie fand den Sicherungskasten und die Hauptsicherung. Dann durchsuchte sie die Küchenschublade, nahm alle Messer heraus, die sie finden konnte, und warf sie alle ins Gemüsefach des Kühlschranks.

Sie holte den Metalldetektor aus ihrer Tasche und fand die Pistole in seinem Nachttisch. Sie holte sie heraus und warf sie in einen Korb für Schmutzwäsche. Dort, wo die Pistole gelegen hatte, hinterließ sie mehrere handgeschriebene Briefe.

Lieber Mitch, danke, dass du mit mir über Gracie gesprochen hast. Ich bin froh, dass du endlich zugeben kannst, dass du die Nerven verloren und – wir wollen das nicht beschönigen – mich körperlich misshandelt hast.

Vielleicht können wir ja nun, nachdem du deine Haltung so geändert hast, eine Lösung finden. Ich werde also, wie du in deinem letzten Brief vorgeschlagen hast, bei dir vorbeikommen, und zwar am Abend des …

In der Nähe von Mitchs Schreibtisch schlug der Metalldetektor wieder an. Sie durchsuchte den Schreibtisch und fand eine zweite Waffe in einem Geheimfach hinter einem falschen Paneel, und zu ihrer Überraschung fand sie dort auch ein Foto von sich und Mitch. *Slim und Mitch.* Kopfschüttelnd zerriss sie das Foto und warf sowohl die Papierfetzen als auch die Pistole in einen Karton voll zusammengerollter Blaupausen.

Dann ging sie weiter in der Wohnung umher und machte sich mit jedem Zentimeter davon vertraut. Sie schaute von einem Möbelstück zum anderen, hin und her, und versuchte, die Abstände zwischen ihnen einzuschätzen. Hin und wieder rückte sie sie ein wenig zurecht, nachdem sie ihren Kampfraum und die Winkel eingeschätzt hatte.

Sie machte sich eine kleine Mahlzeit aus Mitchs Kühlschrank und starrte aus dem Fenster auf den Pazifik hinaus, dann nahm sie die rote Tasche aus dem Elektronikgeschäft aus der Reisetasche. Darin befand sich ein Gerät. Sie schaltete es ein, schob es hinter die Couch und legte ihr Handy daneben. Sie wählte Ginnys Nummer. Nach mehrmaligem Klingeln schaltete sich das Handy wieder ab. *Keine Verbindung*, stand auf dem Display. *Verbindung abgebrochen.*

Um drei zog sie sich ein schwarzes Trikot und eine Trainingshose an. Sie tauschte ihre Tuchschuhe aus gegen schwarze Arbeitsstiefel mit Stahlkappen. Sie setzte sich auf die Kante von Mitchs Bett und betrachtete die Balustrade, die das Schlafzimmer vom Wohnbereich oben trennte, und berechnete im Kopf die Entfernung zwischen den Geländerstangen und die Fallhöhe. Dann bereitete sie sich weiter vor, indem sie bunte Ringe auf ihre Finger schob, klotzige Ringe mit Steinen mit großen Facetten und kunstvollem Schliff, und die Hände fest mit schwarzem Band umwickelte.

Um vier ging sie alles noch einmal durch: jede Wand, jede Oberfläche, jede Schublade. Mit geschlossenen Augen ging sie noch einmal durch die Wohnung. Sie bewegte sich mit Anmut und Leichtigkeit, glitt geschickt zur Seite, um der Couch, dem Schreibtisch, einem Stuhl ausweichen. Sie wusste, wo sich jedes einzelne Möbelstück befand und wie sie darum herumkam. Schließlich rieb sie sich Gesicht und Hals mit einer dünnen Schicht Vaseline ein. Sie wollte glitschig sein, wenn er versuchte, sie zu packen – er war vielleicht stärker, aber sie würde schlauer und schneller sein. Das war es, was bei diesem Spiel zählte.

Als es draußen dunkler wurde, hielt sie inne und stand einen Augenblick lang vollkommen still, beinahe wie ein witterndes Tier im Wald. Sie warf einen Blick zu dem Sessel, der der Haustür gegenüberstand, maß ihn im Geist, fällte eine Entscheidung. Dann ging sie hinter die Couch, schaltete das Gerät ab und drückte eine Kurzwahltaste auf ihrem Handy.

»Hallo«, antwortete Ginny. »Alles klar?«

»Gin, sag es noch mal«, bat Slim leise.

»Was soll ich sagen?«

»Du weißt schon. Was du mir gesagt hast.«

»Na gut«, erwiderte Ginny. »Du hast ein gottgegebenes Recht, ebenso wie jedes Tier, dein eigenes Leben und deine Jungen zu beschützen.«

Slim nahm es in sich auf. »Ja«, sagte sie. »Danke.« Sie schaltete das Gerät wieder ein und steckte ihr

Handy weg. Dann setzte sie sich auf den Sessel, von dem aus man die Tür sehen konnte, und wartete im schwächer werdenden Licht.

Fünfzehn Minuten, dann zwanzig. Sie hörte Mitchs Schritte auf der Treppe draußen, hörte, wie er die Alarmanlage entsicherte. Ihre Nackenhaare sträubten sich. Aber das war alles. Sie atmete weiterhin gleichmäßig, bewegte sich eher wie eine leichte Brise als wie eine Person.

Mitch kam herein, schaltete das Licht ein und ging zum Schlafzimmer. Er hatte gerade erst die Jacke ausgezogen, als der Strom ausging. Er erstarrte, eine Silhouette im Halbdunkel. Er schaute aus dem Fenster und stellte fest, dass die Lichter in den Nachbargebäuden noch brannten.

Er legte den Kopf schief, lauschte und hörte nichts. Vorsichtig ging er zur Schlafzimmertür, blieb stehen, wartete, machte dann zwei weitere Schritte.

»Ich bin's«, sagte Slim.

Er nickte bedächtig im Dunkeln. »Ja«, antwortete er, »das dachte ich mir schon.« Er sah sich um, dann ging er rasch zum Bett, zu dem Nachttisch, in dem Slim die Pistole gefunden hatte. Er versuchte, sie von seinen Bewegungen abzulenken, indem er redete. »Warst du auch heute Morgen hier?«

»Du vergisst immer, die Kaffeemaschine abzuschalten.« Slims Augen hatten sich an die Dunkelheit gewöhnt. Sie konnte nun beinahe so gut sehen, als würde das Licht noch brennen. Aber sie brauchte sich nicht auf ihre Augen zu verlassen. Ihre Ohren nahmen jede Nuance auf. Sie konnte ihn finden, spürte mit geschlossenen Augen jede Störung in dem Raum, den sie so intensiv studiert hatte.

Er wühlte in der Schublade herum. Slim hörte das Rascheln von Papier – die Briefe, die sie dorthin gelegt hatte. »Ich habe sie gefunden, Mitch«, sagte sie.

Er griff nach dem Telefon, lauschte, hörte kein Freizeichen. Blinzelnd ging er wieder zu dem Stuhl, über den er seine Jacke geworfen hatte, und holte das Handy heraus. Das Display leuchtete, als er die Notrufnummer eintippte und dann den grünen Knopf drückte. Das Display wurde dunkel, dann leuchtete es wieder. Mitch starrte es an, versucht es noch einmal. Wieder kam keine Verbindung zu Stande.

»Es ist ein Gerät«, sagte Slim, und er zuckte zusammen. »Es macht Handys funktionsunfähig.«

Er warf das Telefon weg und kam aus dem Schlafzimmer. Er hielt in dem großen Raum mit seinem trüben, schräg einfallenden Licht und den dichten Schatten nach ihr Ausschau, dann ging er zu seinem Schreibtisch.

»Diese Pistole habe ich auch gefunden«, sagte sie.

Mitch blieb stehen wie erstarrt. Nun wusste er nicht mehr, wo er hingehen und was er tun sollte.

»Angst?«, fragte Slim

Sein Lachen war trocken und verächtlich. »Wovor?«

»Nun musst du dich entscheiden, Mitch, ob du ein Feigling bist. Wenn du einer bist, kannst du abhauen. Ich werde dich nicht aufhalten.«

»Willst du mich mit einer meiner eigenen Pistolen erschießen?«

»Die habe ich weggeworfen.«

»Dann ist jemand mit dir hier.« Das war eine Feststellung, keine Frage.

»Nein«, erwiderte Slim ruhig.

»Du bist allein? Unmöglich«, erklärte er.

»Warum nicht?«

Das Licht ging wieder an. Er sah sie, war zuerst verblüfft, dann erleichtert. Sie war klein, schlank, ein Nichts. Sie hatte keine Waffe. Er lehnte sich an eine Kommode, beruhigt von ihrem Anblick. Im Dunkeln, in seiner Fantasie, war sie gewachsen. Jetzt hatte sie wieder die richtige Größe.

Sie bewegte sich vom Sicherungskasten weg und ging die Treppe hinauf, auf ihn zu. »Das wolltest du doch, oder? Dazu wolltest du nach San Francisco fliegen. Für eine Chance, mich allein anzutreffen.«

Sie sah ihn an, leicht geduckt, ihre mit Band umwickelten Hände ein Stück voneinander entfernt, die Füße in Kampfstellung. Mitch lachte auf und starrte sie ungläubig an. »Du willst gegen mich kämpfen? Mann gegen Mann?«

»Frau, Mitch«, korrigierte sie.

»Ja, das meine ich.« Es war absurd. »Mann gegen Frau. Bist du sicher, dass das fair ist?«

»Gegenüber wem?«, fragte Slim

Er lachte.

Sie ging weiter auf ihn zu. Nun stand er direkt vor ihr, überragte sie. »Nein, tut mir Leid«, sagte er vollkommen lässig, als wäre das nur ein beiläufiges Gespräch. »Das geht nicht.«

»Was geht nicht?« Sie sprang vor und schlug ihm ins Gesicht. Er berührte seine Wange, wo ihre Handfläche ihn getroffen hatte. »Das ist lächerlich.«

»Du hast mich doch auch vorher schlagen können, oder?«, verlockte Slim ihn. »Als ich mich nicht verteidigen konnte.« Wieder schlug sie ihn, diesmal fester.

Er sah sie an, lächelte, schüttelte den Kopf. »Das wird nicht funk–«

Sie schlug abermals zu, diesmal mit der Faust. Und diesmal wirkte Mitchs Lächeln danach ein wenig gezwungen. »Wie ich schon sagte, Slim, den Gefallen werde ich dir nicht tun.«

»Warum nicht? Bist du wirklich ein solcher Feigling, dass du mich nur schlagen kannst, wenn ich es nicht erwarte?« Sie sprang vorwärts und wieder zurück, bevor er reagieren konnte, glitt zur Seite und schlug ihn.

Mitchs Unterkiefer zuckte, aber er blieb einfach stehen, die Arme an den Seiten, und sah sie an. Er schüttelte lässig den Kopf, dann setzte er dazu an, zu gehen.

Slim folgte ihm und … BAMM. Er fuhr herum und schlug noch aus der Bewegung heraus. Sie duckte sich schnell, so dass der Schlag nur ihre Schulter traf. Dennoch warf er sie um.

»Reicht das?«, fragte Mitch. Nun war es aus mit der entspannten Haltung.

Sie schaute zu ihm auf. Er ging einen weiteren Schritt auf sie zu, und sie glitt unter dem Schlafzimmergeländer durch, ließ sich fallen, landete im Wohnzimmer. Er schaute überrascht zu ihr herab. »Willst du noch mehr?«, fragte er und versuchte, seine Lässigkeit wiederzufinden.

Slim winkte ihn zu sich. *Komm schon …*

Mitch gefiel die Arroganz dieser Geste überhaupt nicht. Er verzog ein wenig den Mund, als er die Treppe hinunter auf sie zukam. »Ich verstehe das nicht, Slim. Was willst du damit erreichen?«, fragte er.

Bevor er die unterste Stufe erreicht hatte, war sie schon weg, hockte im Schatten neben dem Kamin.

»Ich meine, du hast dir das offenbar lange überlegt.« Er suchte nach ihr. »Aber nehmen wir mal an, du hast Erfolg – du verprügelst mich oder so. Du wirst mich nicht umbringen …«

Er bewegte sich auf sie zu. Sie sprang auf, schlug ihm ins Gesicht.

»… also hast du nichts weiter erreicht, als mich noch wütender zu machen«, fuhr er fort. Und wütend war er tatsächlich. Dieser letzte Schlag hatte wehgetan. Er hatte die Fäuste erhoben, wartete nur darauf, zuschlagen zu können –

»Notwehr ist kein Mord«, sagte Slim.

Das ließ ihn erstarren. Er senkte die Hände einen Augenblick lang, als er begriff, was sie gesagt hatte. Er starrte sie an. »Dazu hast du nicht den Mut.«

Sie sah ihn nur an.

Mitch blinzelte. Er sah es in ihren Augen. Sie hatte den Mut. Also gut. Es war Zeit, diesem Unsinn ein Ende zu machen. Er spannte sich an, ballte die Fäuste wieder. Aber seine Stimme blieb leise und einschmeichelnd. »Komm schon«, sagte er. »Es ist keine Notwehr, wenn du hier einbrichst und mich angreifst.«

»Dich angreifen? Ich habe dich doch bloß ein bisschen getätschelt«, höhnte Slim.

Mitch schlug zu und verfehlte sie, aber er folgte ihr weiter, redete weiter. »Du glaubst also wirklich … du glaubst, du kannst mich umbringen und damit durchkommen?«

»Das habe ich dir doch gesagt«, erwiderte Slim, trat zurück, wich aus, glitt an Möbeln vorbei. »Notwehr. Ich bin hierher gekommen, wie wir in unserem Briefwechsel abgesprochen haben, Mitch. Um über Gracie zu reden –«

»Briefe? Wovon redest du da? Es gibt keine Briefe.«

»Doch. In der Schublade, wo deine Pistole war. Du hast gerade überall darauf Fingerabdrücke hinterlassen.«

Er starrte sie verblüfft an.

»Du hast mich angegriffen. Ich habe mich verteidigt. Wenn nötig, kann ich mir noch mehr Blutergüsse verursachen.«

Wer war diese Frau? Wovon sprach sie da – ihn umbringen? Plötzlich war er konzentrierter und erschreckender, bedrängte sie, manövrierte sie in eine Ecke. »Es ist mir gleich, wie lange es dauert, Slim.« Seine Stimme war heiser und tief. »Wir wissen beide, dass ich dich nur ein einziges Mal treffen muss. Ein einziger guter Schlag, und es ist vorbei.«

Er stürzte sich auf sie. Sie wich aus, schleuderte ihn in die Ecke, gegen Regale voller Flaschen und Gläser. Sein Gesicht blutete von den Scherben. Ungläubig berührte er den Kratzer. Das erste Blut war geflossen, und es war seines. Als er sein Gleichgewicht wiedergefunden und sich ihr wieder zugewandt hatte, warf sie ihm das Kassettendeck vor die Füße. Mitch stolperte darüber und fiel.

Slim bewegte sich rasch und schlug ihn zum ersten Mal wirklich fest. Blut schoss ihm aus der Nase. »Er kann also bluten«, stellte sie fest, als er wieder auf die Beine kam.

»Eins kann ich dir versprechen, Toots. Nach dieser Sache hier wirst du Gracie nie wieder sehen.«

»*Du* wirst sie nicht mehr sehen«, entgegnete sie mit beunruhigender Festigkeit.

Wieder stürzte er sich auf sie. Und wieder wich sie aus. Und er drehte durch, verlor die Nerven, warf Möbelstücke nach ihr, kletterte über die Couch, kippte sie um. Slim warf nach ihm, was sie erwischen konnte, entkam ihm im letzten Augenblick und rannte die Treppe hinauf.

Mitch packte ihren Fuß. Ihr Körper erkannte die Bewegung und reagierte schnell. Sie trat ihm mit dem anderen Fuß ins Gesicht. Er ließ sie los. Sie kam auf die Beine, beugte sich zu ihm vor. »Das verwirrt mich, Mitchy. Bist du denn kein Mann? Kannst du mich denn gar nicht mehr schlagen, nicht ein einziges Mal?«

Sie hatte seine Verletzungen überschätzt. Er sprang die Treppe hinauf auf sie zu. »Miststück!« Er packte sie an den Schultern und schleuderte sie gegen die Wand. »Was hältst du davon?«, brüllte er, und schleuderte sie wieder gegen die Wand. »Was ist jetzt mit all deiner Ausbildung?« Er war direkt vor ihr, drängte sie gegen die Wand, wollte ihren Kopf wieder dagegen stoßen. »Jetzt bist du fertig, mein Schatz! Du bist –«

Sie stieß nach seinen Augen.

Er drehte den Kopf weg und packte sie an der Kehle. Sie spürte seine Daumen an ihrer Luftröhre. Das hatte sie schon einmal erlebt und wäre beinahe getötet worden. Nur Gracie, die an Mitchs Haar gezerrt hatte, hatte sie gerettet.

Einen Augenblick lang schien es, als wäre das wirklich ihr Tod. Sie konnte nur noch die mörderische Wut in Mitchs Augen sehen.

Dann erinnerte sich ihr Körper. Sie riss ihren Arm über seine Arme, schlug sie aus dem Weg. Ihr Ellbogen war bereit zuzustoßen. Mitch war der Schock über diese plötzliche Umkehrung deutlich anzusehen. Ihr Ellbogen zuckte hoch in sein Gesicht. Einmal! Zweimal! Sie riss seinen Kopf auf ihr Knie nieder und stieß ihn nach hinten. Er fiel mit dem Kopf gegen die Küchentheke und zu Boden.

Slim folgte ihm die Treppe hinunter. Er lag bewusstlos auf dem Rücken. Sein Gesicht war blutig, und selbst in diesem bewusstlosen Zustand war sein Ausdruck noch gierig und höhnisch. Sie griff nach dem schweren marmornen Schneidebrett auf der Theke und hielt es über ihn, bereit, ihm den *Coup de Grace* zu versetzen, den Schlag, der ihn töten würde. Ihre Gedanken überschlugen sich; sie zählte sich alle Gründe auf, die sie hatte, ihn jetzt zu töten. Ihr Gesicht war vor Zorn und Verwirrung verzerrt. Ihre Arme zitterten. Sie ließ das Marmorbrett fallen, aber sie verfehlte ihn absichtlich und wandte sich mit Tränen in den Augen ab.

Sie fand ihr Handy, schaltete das Störgerät ab und drückte die Kurzwahl. Sie starrte aus dem Fenster und sagte: »Ich kann es nicht, Gin.«

»O Gott, du lebst noch! Du hast ihn besiegt?«, rief Ginny.

»Ja«, sagte Slim.

»Ist er tot?«

»Ich kann es nicht tun, Ginny.«

»Slim«, drängte ihre Freundin. »Er wird dich wieder verfolgen.«

»Ich weiß«, sagte sie.

»Und Gracie!«

»Das weiß ich auch!«, rief Slim. »Aber ich kann es nicht. Ich bin keine Mörderin, Gin!«

Ein Schatten fiel auf sie. Sie spürte ihn, bevor sie ihn sah. »Ich bin nicht er«, sagte sie und drehte sich instinktiv um, um zu sehen, was sich da hinter ihr bewegte.

Es war Mitch. Sein Gesicht war verzerrt und blutig. Er hatte eine Holzlampe in beiden Händen, hatte sie hoch über Slim erhoben. Sie hätte ihr den Schädel zerschmettern sollen. Nun traf sie sie nur an der Seite des Kopfs, weil sie sich gedreht hatte. Dennoch, der Schlag ließ Slim zu Boden sacken.

»Hallo?« Ginnys Stimme erklang aus dem Handy. »Slim? Bist du noch da?«

Mitch beugte sich über Slim, halb betäubt, blutig, zerschlagen, aber triumphierend. Er drehte die Lampe ein wenig und wollte noch einmal zuschlagen.

»O Gott! Soll ich die Cops rufen? Slim, antworte doch!«

Die Stimme lenkte Mitch ab. Er griff nach dem Telefon. »Hör gut zu, Miststück«, keuchte er. Ginny schwieg. »Wenn dir das Leben deiner Kinder lieb ist, rufst du niemanden an. Es ist vorbei, okay? Es ist alles vorbei.«

Er warf das Telefon auf die umgefallene Couch und ging wieder zu Slim.

Sie hatte sich nicht geregt. Aber der Schock, die Angst, die ihre Züge verzerrt hatten, waren verschwunden.

Und so sicher, wie er ein Feigling ist, wird er versu-

chen, dich zu treten. Hör zu. Konzentriere dich auf meine Stimme.

Mitch sah den Hauch eines Lächelns auf ihrem Gesicht. Er konnte es nicht glauben. Überwältigt vor Zorn holte er mit dem Fuß aus und –

Slim öffnete die Augen nur ein wenig.

Ihr Fuß schoss vor.

Ihre Beine schlossen sich um seine und drehten ihn nach unten.

Mitch fiel.

Und was wirst du tun, um zu gewinnen?

Ich greife an.

Und was tust du, nachdem du angegriffen hast?

Nichts.

Slim sprang auf und schlug ihn mit geballter Faust, wieder und wieder. Ihre Schläge waren so heftig, dass die Ringe unter dem schwarzen Band ihre Hände durchrüttelten. Sie schlug noch fester.

Ich höre nie auf anzugreifen.

Slim dachte an den Abend, als sie mit Darcelle gesprochen hatte – wie lässig Mitch da gewesen war. Sie spürte noch einmal, wie er sie geschlagen hatte, spürte den Schmerz der Prellungen. Sie sah das Gesicht der kleinen Gracie vor sich, nachdem Mitch sie in seinem Zorn zu Boden geschleudert hatte. Gracie hatte ihn nicht interessiert. Niemand hatte ihn je interessiert. All diese plötzlichen, schrecklichen Erinnerungen bündelten sich zu einem Adrenalinrausch. Slim hatte nicht gewusst, wozu sie fähig war.

Ihr letzter Schlag ließ Mitch über das Geländer rutschen. Er fiel auf den Glastisch darunter. Sein Genick brach. Sein Kopf saß in einem seltsamen Winkel auf dem Hals, der bei einem Lebenden unmöglich gewesen wäre.

Slim starrte ihn ungläubig an.

Sie hörte die Sirenen schon von weitem. Der erste Streifenwagen bremste sieben Minuten später vor dem Haus. Slim saß auf der Mauer draußen und wartete auf die Polizisten.

Sie hatte das Handy und die Reisetasche ins Wasser geworfen. Sie hatte zugesehen, wie alles unterging. Nun fiel das rote und blaue Licht vom Dach des Streifenwagens auf ihr zerschlagenes und blutiges Gesicht.

Zwei Polizisten stiegen mit gezogenen Waffen aus und gingen auf Slim zu. »Eine Frau hat uns angerufen. Ginny. Sind Sie ihre Freundin?«

Slim nickte.

»Ist er noch da drin?«, fragte der jüngere Polizist.

Sie nickte abermals.

»Bewaffnet? Gefährlich?«

Langsam schüttelte Slim den Kopf. Er sah sie forschend an und verzog das Gesicht, als er ihre Wunden und Blutergüsse von nahem sah. Sein Partner ging nach drinnen.

»Sieht aus, als hätten Sie Glück gehabt«, sagte der Cop. Slim senkte den Kopf und fing an zu weinen.

Sie war eine Stunde zu früh am Flughafen. Wo waren ihre Konzentration und ihr Gleichgewicht nun? Sie schaute an sich herab und bemerkte, dass sie tatsächlich die Hände rang. Sie wünschte, sie könnte das Gleiche mit ihrem Kopf machen. Dort wimmelte es von Unsicherheit und unbeantworteten Fragen.

Würde Gracie froh sein, sie zu sehen? Würde sie immer noch Angst haben und wütend auf ihre Mutter sein? Ginny hatte Slim versichert, dass Gracie im Sonnenschein von Hawaii aufgeblüht war und dass sie, wie versprochen, nun einen Basketball hinter ihrem Rücken dribbeln konnte. Na ja, jedenfalls bei einem von fünf Versuchen.

Slim erinnerte sich immer noch an ihren Abschied. An Gracies gleich bleibende Traurigkeit. An ihr ausdrucksloses Gesicht, als sie sich aus Slims Armen gewunden hatte. Sie hatte nicht umarmt, nicht einmal berührt werden wollen.

Die ersten Passagiere kamen heraus, winkten, riefen ihren Freunden etwas zu, kamen in den Wartebereich. Die Farben ihrer Ferienkleidung schienen beinahe quälend bunt. Slim fühlte sich, als hätte sie in einer Höhle gelebt. Ihre Augen konnten sich nur schwer an das Licht gewöhnen, an die Möglichkeiten eines Lebens, das nicht von Angst überschattet war.

Als Erstes sah sie Ginny, ihre rote Bluse, ihren winkenden Arm. Und dann, in Kniehöhe vor Ginny, war Gracie, die sich vergnügt mit Ginnys keiner Tochter unterhielt. Sie hatte sich eine lila Tasche umgehängt, das Haar trug sie in Rattenschwänzen mit bunten Spangen.

»Gracie!« Slim winkte wie verrückt und sprang auf und ab, so dass ihre Tochter sie sehen konnte.

Gracie drehte sich um. Slim sah, wie Ginny ihren eigenen Kindern beide Hände auf die Schultern legte, um sie zurückzuhalten, während Gracie schrie: »Mommy! Mommy!«, und auf Slim zurannte, sich durch die Menschenmenge zwischen ihnen drängte.

Gracie riss sich die kleine lila Tasche ab und warf sie

hin. »Mommy, ich muss dir unbedingt meine Sachen aus Hawaii zeigen«, rief sie, dann sprang sie in Slims ausgebreitete Arme, klammerte sich an ihre Mutter, drückte Arme, Beine, Wangen fest an sie. »Mommy, Mommy, wohin gehen wir als Nächstes?«

Slim lachte. Über Gracies Schulter hinweg sah sie Ginnys Freudentränen. »Wohin du willst«, versprach sie.

»In die Smaragdstadt«, flüsterte Gracie Slim ins Ohr.

Slim schluckte. Dann lächelte sie strahlender, als sie es je zuvor gewagt hatte.

»Daran hatte ich auch schon gedacht.«